JN306710

緋色のメス(上)

大鐘稔彦

幻冬舎文庫

緋色のメス（上）

イエス身を起して言ひ給ふ。

「汝らの中、罪なき者まづ石を投げ打て」

（新約聖書ヨハネ伝第八章七節）

再会

ホテルにチェックインした時、顔がほてってくるのをいまいましく思った。

「それでは、お部屋にご案内致します」

フロントマンが傍《かたわ》らのボーイに目配せした。

「あ、いえ、結構です」

志津《しづ》は自分から腕を伸ばしてキーを受け取った。

仙台では一、二の偉容《いよう》を誇り、フロントもロビーも広い、その分、人目にはつき難いだろうと踏んで選んだホテルだったが、人混みに紛《まぎ》れるほどの客の出入りはなかった。

エレベーターに乗り込んでもまだフロントでの手続きにこだわっていた。「住所とお名前を」と促されたところで、もう少しで「秋田県」と書き出しそうになり、それを思い留《とど》まった指が思わず震えた。フロントマンの目が、指先に凝《こ》らされたのを見て取って、ほてった顔がさらに熱くなった。

(もういいわ。夜には受付も人が代わるだろうから)

気を取り直そうとひとりごちた時、「チーン」と鳴った。

まだほんの七、八階かと思ったのが、早くも二十五階に来ていた。

部屋はダブルベッドが半ばを占《し》めているが、それでも充分に広い。

コートをクロゼットにかけると、すぐバスルームに入った。厚化粧が嫌いな相手とわきまえているから、ファンデーションもルージュも控え目にしている。だが、ちらほら目立ち始めた白髪《しらが》は染めてきている。

寝不足の顔に化粧が乗らないこと、目尻の小皺《こじわ》が目立つことを恐れて、昨夜は十一時に床に入り、さっさと夫に背を向けたが、二時間あまりも寝つかれず、夫のいびきにも苛立《いらだ》って輾転反側《てんてんはんそく》した。支離滅裂《しりめつれつ》な夢をいくつか見たようなおぼろな記憶を残して目覚めた時、「寝不足だ」と感じた。

（見られた顔じゃないわ）

鏡に顔を近づけた時、目尻や鼻さきの化粧崩れが気になった。

口をすすぎ、額《ひたい》に落ちた髪にブラシを入れ、目尻と鼻さきにファンデーションを重ね、ルージュを少し引き直して、鏡から顔を離した。そのまま一、二歩後ずさり、背筋を立てて胸をそらしてみた。ブラウスのそこは、まだ女らしいふくらみを保っている。

（たとえ片方でも乳房がなくなったら、女はもう半分以上おしまいよね）

フロントでのいまいましさは大方頭から消え、その寸前まで意識下にあった右の胸のシコリが再び頭をもたげていた。

左手で、自虐的に強く右の乳房を圧した。鈍い痛みが走ったが、そのまま圧し続けてさらに胸をそらせた。左の乳房がそのふくらみを誇示するように隆《たか》まった。

不意に、涙がにじみ出た。こらえようとして唇をかんだが、もう歯どめがきかなかった。子供のようにしゃくり上げた。

泣いた顔を、さらに自虐的に見つめた。

電話が鳴ったのは、その嗚咽《おえつ》が極《きわ》まった頃合いで、涙でくしゃくしゃになった目はもはや開いておれず、現実感を喪失した志津は、「ルルル、ルルル」と繰り返すコール音を、どこか別の部屋で鳴っているものとしばし錯覚した。


「どうしたんだい？　目が腫《は》れぼったいじゃないか」

三階の日本料理店に落ち着いて相対《あいたい》するなり、男はかすかな笑みを目と口元に漂わせながら言った。

「ええ、ちょっとね」

と志津は、あれからまた化粧をやり直したがやはり隠しきれなかったと悟りながら、いくらか強張《こわば》った微笑を返した。

「大した時間じゃなかったけど、部屋であなたを待っていたら、昔のことが思い出されてきて、つい感傷に浸《ひた》ってしまったの」

男はおしぼりを手に、次いで首筋にやりながらさりげなく志津の視線をかわし、弄《もてあそ》ぶようにおしぼりを折り畳んだ。それから、やおらという感じで志津に向き直った。

「あれから、もう二十年も経《た》ったんだね」

何かよそよそしいと、出会った端《はな》から気勢をそがれていた志津も、男のこの言い回しにはしっとりとした情感がこもっていると感じた。

「ええ、夢のよう。でも、現実はご覧の通り——」

志津はえくぼの出来た頰《ほお》に両手の人差し指を置いて見せた。

「年輪ばかりは隠せないわ。泣いちゃったから、よけい繕《つくろ》えない……」

「そんなことはない」

男は言下《げんか》に首を振った。

「あの頃よりふくよかになって、肌にも張りがあるよ。それに、君はなんたって色白だから、七難を隠して余りある」

「あら、一言《ひとこと》多いのは相変わらずね。そんな調子であちこちに敵を作ってるんでしょ？」

「あはは、君こそ相変わらずの悪たれ口じゃないか。ま、当たらずとも遠からずだが」

「でも、公立病院の副院長様だから、それなりに出世はしているのね。満ざら敵ばかりでもなさそう。持ち前の勤勉さの賜物《たまもの》かしら？」

男は苦笑気味に唇を引き伸ばした。

「公立と言ったって、小さな田舎町の、五十床足らずの病院だからね。出世のうちに入らんよ」

「でも、ゆくゆくは院長様でしょ？」

「ま、十年後くらいにはね。もっとも、それまで病院があれば、の話だが……」

「どういうこと？」

「尾坂は鉱山でもってきた町だけど、鉱山の全盛期は疾《と》うに過ぎて、今じゃ斜陽の産業さ。山は掘り尽し、近年は中南米から運ばれてくる複雑鋼の精錬しかしていない」

若い時に見惚《みと》れた澄んだ目に、フッと影がよぎった。

「ここ数年、病院の新規採用者はゼロだしね。町の人口の半ばは鉱山関係者だから、会社が閉鎖ということにでもなれば、町は、いや、少なくとも病院は、もう無用の長物になりかねない」

「寂しいお話ね。でも、人がいる限り病人は必ず出るんだから、病院までなくなることはないでしょ？」

「どうだかねえ。今で人口一万そこそこ、半分減れば五千人弱、そこに五十床の病院は、町としても財政的にお荷物と感ずるようになるんじゃないかな」

一瞬志津は考え込んだ。

和服姿の仲居がビールとお通しを盆に運んできた。

志津は仲居が傾けようとしたビールに手を伸ばした。

「こちらで適当にしますから」

仲居は素直に譲って腰を上げた。

「お酒は、少しは強くなったの？」

「まあ、多少はね。しかし、どちらかと言えば日本酒の熱燗《あつかん》のほうがいい」

「じゃ、頼みましょうか？」

「いやいや、真っ昼間から飲む気はしないよ」

「何に、乾杯？」

「そうだね。ま、お互い、曲りなりにも人生五十年生き永らえ、こうして再会できたことかな」

「それもいいけど、あたしは、あなたが想像以上のナイスミドルになられたことに乾杯するわ」

「おやおや、それは過分《かぶん》なお言葉だね。じゃ僕も、そっくりそのままの台詞《せりふ》を君に返して」

「あ、あたしは……」

男が一気にビールを呑み干すのを小気味よいと眺めながら、志津はいくらか苦いビールとともに二の句を呑み込んだ。

料理がほとんど口を休める暇《いとま》もなく運ばれてくる間、会話は他愛のないことに終始した。機微《きび》に触れそうな話題は回避し合っている。その気で突っ込めば、一方的に志津が攻勢に出て、男は守勢に回ったであろう。なぜなら、この空白の歳月、志津の境涯《きょうがい》には格別これといった変化はなかった。若き日の佐倉周平《さくらしゅうへい》——それが今目の前にしている男のフルネームだった——が二年余りいた名取《なとり》の市立病院に、自分のほうはずっと勤めたままだ。

変わったことといえば、佐倉がいた二年間は病棟勤務だったが、四十を過ぎて数年後に外来勤務に転じ、今は婦長として外来ナース十五人ほどをとりしきっていることくらいだ。私生活にもとりたてて変化はない。養子に入った夫も自分も年を取り、その分子供たちが成長したというくらいで、格別の起伏《きふく》はない。

だが、相手はそうではない。今の病院に落ち着いたのはほんの二年ほど前で、それまで二、三の病院を移り変わっている。その間約二十年、佐倉からは全く音信不通だったが、志津は密《ひそ》かにその行く先々を探りあてていた。少なくとも二、三年前までは。

だが、私生活についての情報は何も得ていない。自分とほぼ同い年で、別れた時は三十近かったが、まだ独身だった。今はもちろん結婚しているだろう。相手はどういう女性で子供は何人いるのか、幸せなのかどうか、等々、いったん抑制を解けばとめどなく質問攻めにしそうで、今日はそのためにこの人と会っているんじゃないからと逸《はや》る心を懸命に抑えていた。

「およそ病人風情《ふぜい》には見えないが――」

デザートが出て、「ではどうぞごゆっくり」と仲居が退座するのを待ち構えていたかのように、佐倉のほうから話題をそらせた。相手の二十年近い空白をジグソーパズルのように埋めていきたい衝動を見透《みす》かされたように思って、志津は戸惑《とまど》い気味に男を見返した。

「聞かせてもらおうか。純粋に一患者として僕のアドバイスがほしいというその訳を」

いつしか医者の口調になっている——。

不意に距離感が生じ、志津は慌ててナプキンで口を拭《ぬぐ》って改まった面持《おもも》ちになった。

「偶然というか、それとも、神様の思《おぼ》し召《め》しなのか……」

志津は傍らのハンドバッグをまさぐった。

「半年くらい前だったかしら。うちの外科の先生が、おもしろいエッセイが載っているから読んでごらん、て、何か曰《いわ》くありげにニヤニヤしながらある雑誌を見せてくれたの」

志津がバッグからおもむろに取り出したのは、二つ折りにした二、三枚のコピーだった。佐倉は受け取って広げた。

「これは……」

「無論、覚えがあるわね？　ご自分の書いたものだから」

「ああ……」

「あなたの名前を見て、あたしはもう少しで声を上げるところだったわ。行方が分からなくなっていたあなたの消息を摑《つか》んだ喜びで。そして、むさぼるように読んだの。

コピーをとり、家に帰ってからも二度三度……」

志津は周りを窺《うかが》い、人の近付く気配がないことを確かめたが、それでも声をひそめた。

「その晩、あたしは夢の中であなたと交わった。あなたがそこに引用しているダ・ヴィンチのデッサンを思い浮かべながら。そして、結ばれた時、乳房にアッと刺激を覚えたの」

そのデッサンとは、男女の交合を露骨に描いたもので、膣に挿入されたペニスの先端が先細りになって伸び、乳房にまで達して終わっている。性交時には膣と乳房が一体となってペニスの刺激を受けるのだということをダ・ヴィンチは示したかったに相違ない、と佐倉は書いていた。ならば、乳癌は専《もっぱ》ら外科医が診《み》ているが、乳房も性器の一つとして婦人科医こそ診るべきかも知れない、とも。

志津の手は、いつしか右の胸のふくらみにあてがわれていた。

「あたしは思わず自分の手をそこにやった。そうして、親指大のしこりに気付いたの」

男は息を呑んで、何かに憑《つ》かれたように喋《しゃべ》り続ける女の目を見すえた。

触診

男は窓に向かって佇《たたず》んでいた。まばゆい春の陽が、整髪料がかかった髪を艶《つや》やかに際立たせている。

「お願い、カーテンを引いてくださる?」

ベッドの端《はし》に腰をかけ、ブラウスのボタンをはずしかけて男の背に言った。

佐倉はこちらを振り向かず、窓に近付いて、わざとらしく中天を見上げた。

「レースのだけでいいだろ? あんまり暗くすると、妙な気分にもなりかねんからね」

志津は笑いを誘われたが、今の言葉は、どこまでが本気なのかと訝《いぶか》った。

カーテンに手をかけた男の背を見つめながら、

(内側のも引いて)

と喉《のど》もとまで出かかったのを、呑みこんだ。

「お願いします」

男がカーテンを引き終わったところで、志津は居ずまいを正して呼びかけた。

佐倉はおもむろに回れ右をしたが、スリップとブラジャーがまだ胸を覆《おお》っているのに一瞬戸惑った顔になった。

「それも、はずしてもらわないと……」

ベッドの一方の端に腰を落とすと、佐倉は下着を指さして言った。

「右ですけど、全部出したほうがいいですか？」

「ああ、比較したいからね」

志津はスリップの紐《ひも》を肩から滑らせ、次いでブラジャーのフックをはずすと、後は一気に諸肌《もろはだ》を脱いだ。弾《はず》みに、ブルンと両の乳房が波打った。

佐倉は前屈《まえかが》みになって、まず左の乳房をまさぐった。顎《あご》のあたりに迫った銀髪から、不快ではない香りがほのかに漂った。

乳房に当てられた手は、二十年前のそれとは感触が異なっていた。

(この人にとって、今のあたしは、所詮《しょせん》、患者でしかないんだわ)

最後に乳首を左手の人差し指と中指の間に挟み込んで軽く圧すると、男の手はあっさり右に移った。

「なるほど」

乳房を押し上げるように左手をあてがい、右手を乳首の上に置いて上下から乳房を軽く二度三度圧しながら、初めて佐倉は言葉を漏《も》らした。

右の乳房の触診は、左の三倍も入念を極めた。乳首の真上からやや外側にわたって触れたしこりを、佐倉は乳首に対したと同じように指の間に挟み、そっと圧したり、軽く左右上下に揺すったりした。

「じゃ、僕の肩に両手を置いて」

ムキ出しになった前腕が引き寄せられた。

「あ、少し、汗ばんでます」

医者の両手がスーッと乳房に沿って脇の下に滑り込んできた時、志津は一瞬ひるんで脇をしめた。

「構わないよ」

こともなげに言って、医者は容赦《ようしゃ》なく腋窩《えきか》を開かせた。

「あっ……」

志津はかすかに声を放った。

「リンパ節だ」

脇を探っている佐倉の左手の指が、親指大のしこりを捉《とら》えているのを志津も感知した。

「さてと——今度は仰向けに寝てもらおうか」

相手の手に促《うなが》されるまま、志津は無垢《むく》のシーツに身を横たえた。佐倉は床に膝《ひざ》をついた。

触診が、同じように繰り返された。瞼《まぶた》を閉じたまま乳房を委《ゆだ》ねながら、志津の脳裏には、こんなふうに裸身をさらして横たわっていた過ぎし日の情景が思い起こされていた。大きさはさして変わらないが、今よりももう少し隆く、無論しこりなど全くなかった乳房に佐倉の手が初めて触れたのは、そんなに遠い昔のことではないように思い出された。その折のかすかな戦《おのの》きは、許されざる行為への罪の意識によったものに相違なかったが、ためらいがちに男の唇が乳首に触れた時、悲しくもそれは官能のしびれにとって代わられた。

（今この人が、あの時と同じような行為に及んでも、あたしは多分、抵抗しないだろうな……）

閉じきれぬ瞼の裏に茜色《あかねいろ》が広がり、点滅した。そのままじっと身を横たえ、患者ではなく、ひとりの女に変貌《へんぼう》したいとの欲望が胸を突き上げた。触診ではなく、あの日のように、愛撫《あいぶ》であってほしいとの——。

「よーし、もういいよ」

佐倉の手が乳房を離れた。志津の瞼の裏で、茜色の点滅が消えた。患者を扱う慣れた手つきで上体が起こされた時、志津は完全に夢想から醒《さ》めた。最後はその介助を拒むように自ら上体を起こしてスリップの紐を手に捉えた。

佐倉は膝を立てて立ち上がると、下着を整える患者を気遣うようにさっさと背を向けて窓際に身を移し、志津が上着を脱ぐ間そうしていたように、レースのカーテンを開いて春が息付く四月の午後の空へ目をやった。

志津はブラウスの裾《すそ》をタイトスカートにおさめ、ボタンをはめ終えたところで、声を放った。

「先生、ご診察の結果を聞かせてくださいますか」

「あなた」が唐突《とうとつ》に「先生」となったせいか、佐倉は苦笑しながら振り返った。

「半年間、なぜ放っておいた？」

容疑者を尋問する刑事さながらの口吻《こうふん》だ。その気迫に押された形で、志津は戸惑いを繕えないまま相手を見返した。

「なぜすぐ医者に診せなかったんだい？」

志津の目がすわった。

「せっかくお告げまで受けたのにね。まさかという気持のほうが強かったのよ、きっと……」

「神がかり的で信じ難い話だが、しかし、紛れもなくそれは、正夢《まさゆめ》だったんだ」

志津は、おずおずと医者を見上げた。

「もう、手遅れなの？」

「そうは言わん……」

佐倉は瞼を伏せた。反射的に、取り繕うように、手がテーブルの上の湯飲みに伸びている。

「でも、癌であることは、間違いない？」

佐倉は心なしか顔をしかめた。左手が湯飲みを上に向け、右手でポットを傾けた。

「あ、いれます」

志津は我に返ったように空いている椅子へ身を移してポットを奪い取った。

男は素直に手を引き、志津が近付いた分、椅子に体を引いて距離を作った。

「意気地《いくじ》はないけど、でも、あたしだって医療者の端くれだし、患者さんにさんざん訳知り顔でいっぱしのことを言ってきたから――」

相手が距離を置いたことは気にとめない素振りで、ポットから流れる湯に視線を注いだまま、志津は一気にこれだけ言った。小さなティーバッグをカップに入れて差し出すと、自分も湯飲みを持ち上げて瞼を上げた。

「だから」

志津は相手の目を求めた。

「何を聞いても、何と知っても、取り乱すまい、泣くまいと、自戒はしてるの」

言い切ってから、言葉と裏腹に不意にまた切ないものが胸に込み上げ、反射的に唇をかみしめている。

「うん」

佐倉はほとんど鼻に抜けるような声を漏らすと、湯飲みを口に運んだ。白皙《はくせき》の額の広がりが志津の目の前に迫った。

「手遅れではないが」

　佐倉は湯飲みを離してゆっくりと顔を上げた。視線がまともにぶつかって、志津は潤みかけた目を瞬《しばた》いた。目尻に生温かいものを感じた。

「半年前の君の自己診断を信用するなら、モノは倍以上になっている。腋窩のリンパ節にも転移がある。病期でいうなら、四段階のII――いや、ひょっとしたらIIIになるかも」

　志津は縁《ふち》についた口紅を指で拭い取って湯飲みを置いた。

「さすがだわ」

　居直ったように微笑を見せた。男の目が訝《いぶか》った。

「怒らないでね」

　居直ったついでというように、背筋が伸びた。

「十日ほど前、うちの病院の外科部長に診てもらったの。細胞診まで、ひと通りの検査を受けて、結果は、あなたのご診断通り、クロと出た……」

　険《けわ》しいものが走るかと思った男の目が、意外に柔らかい光を放った。

「気付いてたよ」

佐倉はたった今まさぐった志津の胸を指さした。

「かすかに皮下出血の名残があったからね、多分そうだろうと。でも、ひょっとして、キスマークの跡かな、とも疑ったが……」

志津は、まだ裸身をさらけ出しているかのように思わず手で胸を覆った。

「ご冗談を。そんなものを付けてあなたに胸を見せるはずないでしょ？」

佐倉は含み笑いした。

「ま、それはともかく、要するに君は、私の診断力を試そうとしたんだ」

口調は皮肉っぽかったが、目は怒っていないことを見届けて、大胆な気持になった。

「そうね。それも少しはあったけど、でも、それだけのためにわざわざお手間を取らせたんじゃないわ」

「では、何故《なぜ》？」

今度はいくらか咎《とが》めるような口調だった。

志津は改まった顔で相手を正視した。

「お会いしたかったの。元気なうちに、せめて、もう一度」

男の目元が優しくなった。

「おいおい、そんな、今にも死にそうなことを……」

みるみる潤んでくる女の目に、男はたじろいだ。

「乳癌は、何も、そんな、絶望的な病気じゃない」

初めて険しいものが走った男の目を見て、志津は頬に流れかけた涙を指の節《ふし》で払った。

「肺や肝臓は、調べたかい？」

「ええ、肺はね。肝臓も調べたほうがいいの？」

「そんなにはないが、乳癌は肝臓に飛ぶこともある。あとは、骨だ。もっとも、転移のあるなしにかかわらず、手術は早くしたほうがいい」

「そう言われました。だから、三日三晩考えて、あなたに相談しようと思い立ったの。半年前に見付けたさっきの記事を何度も読み返して」

志津はバッグからレストランで開いたコピーをもう一度取り出した。

「乳房のしこりを即、癌と思い込んではいけない」

やや遠目にかざして読み出したところには、赤の傍線が付されている。

「乳房のしこりには、別表のように癌以外にも数多くあり、そのほとんどは良性である——」

「なるほど。都合のいい方に解釈したわけだ。患者の心理としては当然だろうが、だからと言って放っておいていいとは書いてない」

「そうね。まず診せに行って、しこりがある限り、良性でも半年に一度は定期検診をって書いてあるわね。これを見つけた時、正直言って、無性《むしよう》にあなたに会いたいと思ったの。その衝動に身を任せていればよかったのね。でも、コピーを家に持ち帰ったら、何かホッとしてしまった。もういつでもあなたに会えるような気がして」

胸にこみ上げて来た熱いものが口を封じた。

「あんまりおセンチになるとね、冷静な判断を欠くことになる」

佐倉はポットを傾け、自分の湯飲みに湯を注いだ。

「とにかく、まだ手遅れじゃない。早く手術したほうがいい」

「そのつもりです」

志津は、濡《ぬ》れたままの目を相手に振り向けた。

「でも、何年、生きられるかしら？」

佐倉の目に困惑の色が浮かんだ。

「さっきおっしゃったでしょ？　四段階のⅢ、だって。五年生存率で言うと、何パーセント？」

「ずけずけ切り込んでくるね」

佐倉は少し咎めるように見返した。

「乳癌はね、五生率では言わないんだ。他の癌の倍の尺度、十生率がものさしになっている」

「それで？」

「そうだな……。ま、三十から四十パーセント、かな」

志津は一瞬目を宙にやった。

「十年とは欲張らない。その半分でいいわ。いいえ、四年でいい」

「欲がないな。なぜ四年なんだい？」

「一つの、区切りなの」

「なんの？」

「娘が、今年、大学に入るの」

「娘……？」

男の目がありありと驚きを示した。志津は初めて優越感を覚えながら相手を見すえた。

「ええ。あの時、お腹にいた子よ」

男の顔から血の気《け》が引いた。

初恋

青葉城址《あおばじょうし》には中学の写生大会で来たことがある、と三宝《みほ》は坂を上《のぼ》りながら思い出した。「杜《もり》の都」と言われる仙台の象徴のような緑の大樹が左右にこんもりと茂っている。

（小学校二年か三年の時、遠足で来たこともあったっけ）

芽ぶき始めた桜も緑に混じっている。新たに遠い春の日の記憶が蘇《よみがえ》った。

高校時代はクラブ活動を終えると真っ直ぐ家に帰ったから、ここを訪れるのは五、六年振りということになる。

土曜の午後で、観光バスや自家用車が往来して道を狭くしている。歩いている人の数も相当で、自分の足取りも結構早いつもりだが、それでもどんどん追い越されていく。

先に家を出るという母親に、私も今日は出かける、夜少し遅くなる、と告げた時、

「晩ご飯はどうするの？」

と聞かれて戸惑った。

それまでには絶対に家に帰る、とは断言できなかった。

「多分、帰れると思うけど……」

返事の語尾を濁《にご》らせてから、フッと一つの疑問に囚《とら》われた。

「お母さんは？　遅くなるの？」

「あ……ひょっとしたらね」

歯切れの悪さがひっかかった。

土曜は半日だが、記憶にある限り、母が勤めを休んだことは滅多にない。

「土曜の外来は一番忙しいのよ。ことに学校までが週休二日制になってからはね」

と言うのが口癖だった。事実、兄の正樹《まさき》や自分の授業参観がたまたま土曜日に当たった時も、「あたしは休めないから」と、母はよく父に代理を頼んでいた。土曜も半

日とはいえ外来がすべてひけるのは二時か三時だから、帰ってくるのはほとんど平日と変わらない。つまりは、日曜以外、昼中に母が家にいることはなかったのである。

その母がめずらしく、今日は病院を休み、昔の看護学校時代の友達と会う、お昼ご飯を一緒にするから早めに出かける、と言う。

「じゃ、仙台へ？」

と、すかさず口を衝《つ》いて出たのは、母が東北大学の医学部附属看護専門学校の卒業生と知っていたからである。

「ええ。あなたは？」

すばやく切り返されて、三宝はたちまち守勢《しゅせい》に回った。

「私も、仙台へ……」

不覚にも言い淀《よど》んだが、目が合っていないのが幸いだった。

卒業はしたが、学校が仙台だったから親しい友人も何人か仙台にいる。そのうちのひとりの名を挙げれば咄嗟《とっさ》の言い逃れはできると踏んでいたが、なぜか母親はそれ以上深追いしてこなかった。多少の時間のズレはあれ、行く先が同じ方向なのだから、それじゃ一緒にと、普通なら言い出しそうなものなのに、そうと切り出してこないのも不思議だった。

小鳥のさえずりが聞こえてくる。

（ああ、春だわ！）

三宝は、突然開けた視野に目をやった。緑の木々は、大部分がモミの木と知れた。頂《いただき》の城址からこの森を見下ろしてキャンバスに描いた記憶が蘇った。

かすかな戦きはあったが、限りなく幸福だった。次第に意識されてくる怪し気な胸の鼓動も、その至福の思いにブレーキをかけるものではなかった。

羽鳥宏《はとりひろし》が最初に電話をかけてきた時、三宝は志津とともに二泊三日で東京に出かけていて不在だった。大学の寮に入ることにしていた。その部屋の調度の買い出しとしつらえのための上京だった。安い店を見つけておいたからと、東京に住んで五年目になる兄の正樹が案内役を買って出てくれた。顔も性格も似ていない兄だったが、気立てはいいほうで、あまり気難しいところはない。母親はどちらかといえば勝ち気だから、そのへんは父親に似たのだろう。顔の造作《ぞうさく》もどちらかといえば父親のそれを受け継いでいる。

おとなしい分、父も兄もどことなく頼りない。ひとり娘の中条家《なかじょう》の養子に入った父は、兄に輪をかけて穏やかな性格で、母に威圧的な態度で接したことは、記憶にある限り一度もないし、義父母に抗《あらが》ったこともない。家をとりしきっているのは、勝ち気でやりくり上手な母であるとの印象が強かった。

兄は目に見えた反抗期もないまま思春期を過ごし、学業のほうはなんとか中の上の成績を維持して三宝と同じ仙台市の県立高校に進んだが、進学校ともなると中学時代の成績は維持しきれず、三年を通じて大体平均的な生徒に終始した。一昔前の国立二期の経済学部を受けたが駄目で、一流にダッシュの付く私大に辛《かろ》うじて入った。浪人も厭《いと》わぬ、何がなんでも第一志望に殉《じゅん》じようと、そこまでの覇気はなかったようだ。兄が私大に入れたのも、父親にどっこい劣らぬ母親の収入のお陰だった。

羽鳥宏は兄とはタイプが違っていた。クラスは別だったが、二年の一学期に同じ委員となって生徒会で初めて顔を合わせた。キリッとした濃い眉と、小鼻が張って意志の強さを示す隆い鼻、英知をたたえた目、そして品よく結ばれた口もとには、凛々《りり》しさと、異性にはめずらしい清潔感が溢《あふ》れていた。

一学年は八クラスあったから八人の委員が集まるはずだったが、端から出てこない者、クラブ活動にかこつけて時折さぼる者、羽鳥が器用にパソコンを使いこなすのを見て自分の出番はないと決めつけ中途で出てこなくなった者等、身勝手な連中がひとりまたひとりとドロップアウトしていき、任期の切れる学期末まで真面目《まじめ》に出たのは、委員長に選ばれた羽鳥宏のほかに、三宝と、もうひとり、松原里子《まつばらさとこ》という女生徒だけだった。

　里子が宏に心惹《ひ》かれていることは、語りかける言葉の端々《はしばし》、彼を見る眼差《まなざ》しにそれとなく読み取れた。里子のそんな仕草が気になり出したのは、いつしか自分の中にも宏を異性として意識する思いが芽生え始めているからだと三宝は知った。

　里子は積極的で、三人でいれば宏に話しかけるのはもっぱら里子で、三宝は大方聞き手に回っていた。

　里子の父親は仙台市内で内科医院を開業しており、弟はいるが里子はひとり娘だと聞いている。才気煥発《かんぱつ》、優秀な男子生徒に伍《ご》して、模擬試験の成績は女子ではひとり学年で十番以内に入っていた。常に五番以内を保っていた宏と比べても遜色《そんしょく》はなかった。三宝は女生徒では二、三番手で、学年では二十番前後にいた。つまり、才媛《さいえん》振りでも積極性でも里子を凌《しの》ぐところはなかったから、宏への思いにかけては自分のほうが勝っていたとしても、里子に勝てる要素は全くないと観念していた。それなのに宏の目が里子より自分のほうに多く注がれ、里子がトイレに立って席をはずすと、待ち焦がれていたかのように自分に話しかけてくるのを訝った。

宏の父親は、民事専門の弁護士で、駅前の目抜き通りのテナントビルの一角に事務所を構えていると、ある時の何気ない会話で知った。

「羽鳥君も、弁護士になるの？」

里子はすかさず好奇心に満ちた目を投げかけた。宏はかぶりを振った。

「弁護士は兄貴が目指しているよ」

「じゃ、羽鳥君は、何に？」

里子が畳みかけた。

「医者になりたい、と思ってるけど」

三宝は瞠目《どうもく》しておずおずと宏を見上げた。が、その時同時に里子の目がパッと輝いたのも見逃さなかった。

「そうなの！」

里子の胸を御《ぎょ》し難い何かが突き上げているのも瞭然《りょうぜん》と読み取れた。

「君もそうなんじゃない？」

宏は里子の視線を眩《まぶ》しげに受けとめながら問い返したが、一瞬の間隙《かんげき》を縫って三宝の顔色も窺っていた。

「どうして？」

瞠目したまま、里子は空とぼけたように返した。

「だって、君の家は代々開業医だし、君はひとり娘なんだから跡を継がなきゃいけないんじゃないかと思って」

「まあね。でも、弟もいるから」

里子は曰くありげな目で宏を見返した。

その夜三宝は、昼間の会話を夕餉《ゆうげ》の話題に乗せた。父親が役所の宴会で不在という気安さも手伝っていた。

「お母さん、松原医院って、知ってる？」

志津は看護婦になって数年後には名取に帰って現在の病院に勤めているが、看護学校は仙台にある東北大学の附属だったし、卒業して二年ほどは大学病院に残っていた。

松原医院は里子の父親で三代目というからいわゆる〝老舗《しにせ》〟で、仙台では結構知られているのではないか、母親が大学病院にいた頃は里子の祖父が二代目で医院を継いでいた計算になる、と、そんな情報を伝えたのである。

「さあ、どうだったかしらねえ？」

志津は遠くを見る目つきになった。

「患者さんを紹介してくる開業医さんはたくさんいたからねえ。そんな、三十年近くも前のこと、覚えてないわよ。その松原医院が、どうかしたの？」

逆に問い返してきた母親に、三宝は里子のことをあれこれ話した。

「そう、そんなにできるの？　さすがはお医者の血筋ね」

「つまりは、種の差ってこと？」

「これっ、はしたないっ！」

志津は拳《こぶし》で三宝の額を小突くゼスチャーをした。大仰《おおぎょう》にのけぞって見せながら悪戯《いたずら》っぽい笑みを返した娘に、不意に母親が真顔で言った。

「あなたの種だって侮《あなど》るべからず、その里子さんとやらのお父さんに負けやしないわよ」

「えっ、そうなの？」

三宝も真顔で訝った。

五十でやっと市役所の課長クラスに仲間入りした父は、生真面目だが平々凡々たる人間に見えた。〝駅弁大学〟と揶揄《やゆ》された地方の名もない大学を出てすぐに市の吏員《りいん》となり、以来公務員に徹している。名取に戻ってきた母親とは、見合い結婚してあっさり中条家に婿入りしたと聞く。次男坊だから身軽だったし、性格も誠に養子向きで、穏やかな気質や生真面目さから推《お》して義父母とトラブルを起こすこともないだろうと見越して母は父と一緒になる決意をしたのだとも。確かに何事にもそつはないが、父親を特に勝《すぐ》れた頭脳の持ち主だと思ったことはない。むしろ母親のほうが才気走って、中条家の主《あるじ》は女親だという認識を、物心ついて以来久しく持ち続けていた。

「はしたない」と咎めながらその〝種〟にこだわったのは、自分の娘が他人の子に劣っているとは思いたくない一心からかと勘ぐったが、なんとなくそうでないような気味もあった。父親自身はもちろん、母も父の学生時代のことは何も喋らないから憶測の域を出ないが、父は案外、自分が思っているより優秀な学生だったのかも知れない、何かの事情で不本意な大学に甘んじたのかもと思い直した。

だが、「そうなの？」という問いかけに、期待したほどの二の句は返らなかった。

「ま、タネはさておき、畠《はたけ》だって満ざらでもないんだから、あなたも自信を持ちなさい」

締めくくるようにこう言って、母親は話題を他に転じた。

一週後の放課後、三人はいつものように生徒会の一室に集まった。やはり里子ひとりが饒舌《じょうぜつ》だった。

「羽鳥君、一人前のドクターになったら、ウチへ養子に来てくれる？」

目は笑っていたが、意表を突く里子の直截《ちょくせつ》な表現に宏は思わずたじろぎ、瞼を伏せた三宝をチラと流し見やった。

「それはまた問題発言だな、松原さん」

この時三宝は、里子が丸々冗談を吐いたのではない、半分以上は本気かも知れないと思った。

「君が医者になって跡を継げばいいじゃないか。幸いお父さんは内科医なんだし……君なら立派にやれると思うよ」

相手を存分に持ち上げながら、体当たりをさらりとかわしている。だが、それはひょっとして、聞き役に回っている自分を気遣っての演技で、宏の本心は里子の挑発に結構揺らいでいるのかも知れない。

演技の延長か、宏はさらに、自分は次男だけど婿養子にはいかないよ、と、これは半ば冗談めいた口調で続けた。すると里子は、

「養子なんて、もう古いわよ」

と笑った。

「今は夫婦別姓がまかり通る時代よ。名前は松原医院でも、院長は羽鳥先生で一向に構わないのよ」

どこまで本気なのか、里子の舌はさらに滑《なめ》らかになり、宏はたじたじとなった。

夏休みが迫った。新学期になればクラス委員も改選される。再び同じ委員となって再会できる保証はない。生徒会で一緒になれなくても、里子は積極的に宏にモーションをかけるかも知れないが、自分には到底そんな勇気はないだろうと三宝は思った。

夏の陽も西に傾き、窓に茜色が映えた。

「さあ、最後のお茶にしようか」

机の資料をかたづけながら、宏が顔を上げた。

「そうね。お名残惜しいわ」

里子が相槌《あいづち》を打ち、立ち上がった。三宝も腰を上げた。里子に先に茶を入れさせては申し訳ないと思ったのだが、そうではなかった。そのまま里子は部屋を出てトイレに走った。三宝は胸の鼓動を覚えながら茶を入れる準備にかかった。何か言わなければならないような気がした。いや、宏に何か言って欲しかった。たまに校内で会うことはあっても、こんな風にはもう今日限り会えなくなる。これからどうしたらいいのか、どう仕様もないのか、それを知りたかった。

だが、こちらが目をそらせているせいもあるのか、宏は所在無げに窓際に佇んで外を見やっている。

わだかまった沈黙の時間は、呆気《あっけ》なく過ぎ去った。

「ごめんなさい。あ、もういれてくれたの」

三つ目のコップに茶を注いだところで、里子が勢いよく入ってきたからである。

春の営み

約束通り伊達政宗の彫像の下に羽鳥宏は立っていた。グレイのスラックスにチェックのシャツのいでたちで、学生服か野球のユニフォーム姿しか見ていなかった三宝の目には一瞬別人かと映った。

こちらも制服ではない。母親が合格祝いに東京のデパートで買ってくれたクリーム色のタイトスカートと白のブラウス、それに臙脂色《えんじいろ》のカーディガンを羽織ってきている。制服を脱いだ自分が相手にどう映るか不安だった。

三宝に気付くと、宏は人目も憚《はばか》らず高々と右手を挙げて振った。その派手な仕草に周囲のいくつもの視線がこちらに注がれる。出会えた安堵感《あんどかん》が気恥ずかしさにとって代わる。三宝は小さく手を振り返した。

「久しぶり」

あと一歩で目と鼻の距離になる所で足を止めた三宝に、宏が先に声をかけた。

「こんにちは」

しっかり声に出したつもりが、思いのほか小さかった。

「見違えたよ」

宏は三宝の目に頷《うなず》き返して言った。

「私服の中条さんを見るのは初めてだものね」

自分の胸もとに注がれる相手の目に気付いて、三宝は思わずそこを包み隠すようにカーディガンを寄せた。

周りでは幾組ものカップルやグループが彫像をバックに写真を撮り合っている。

「ちょっと撮ってもらえますか？」

連れの女性を撮り終えた若い男が、振り向き様宏に声をかけた。

「あ、いいですよ」

宏は気安くカメラを受け取って、自分のそれを三宝に預けた。男は急いで女の所へ走った。

宏がカメラを向けると、男は女の肩に手をかけて引き寄せた。女は恥じらう様子もなく悪戯っぽく男の腰に手を回した。三宝は頬が熱くなって、視線を逸《そ》らした。

「はい、いきまーす」

ピントを合わせていた宏が快活に声を放った。

「や、どうも、どうも」

シャッターを切った宏に走り寄って男が礼を言った。

「君たちも、撮ろうか？」

男は宏が三宝から受け取ったカメラをさし示した。三宝はたじろいで半歩後退《あとずさ》ったが、間髪《かんはつ》を入れず、

「あ、お願いします」

と宏が返していた。

有無を言わさず立たされた感じだった。

「もっと寄って、寄って」

体半分の距離を保って並んだ二人に、ファインダーをのぞきながら男が手でゼスチャーした。傍らで連れの女が笑いながら同じようにけしかける。三宝は頑《かたく》なに身じろぎひとつせず突っ立っている。宏の方がにじり寄って隙間《すきま》を埋めた。刹那《せつな》、その二の腕が肩に触れるのを覚えて三宝はたじろいだ。

肩をすくめようとした端、

「はい、チーズ」

と男が声を放った。無理に口もとを弛《ゆる》めさせられた感じだ。

「初めて電話をかけた時、お父さんが出られてどぎまぎしたよ」

はるか遠くに太平洋を望むベンチに腰を落ちつけたところで、ややあって宏が口を切った。

「電話番号をお伝えしておいたけど、果たして君にちゃんと伝えて下さるかどうか、心配で眠れなかった」

「帰ってきたら、私の部屋のドアにメモ用紙が貼ってあったの。父は公務員だから、そういうことはきちんとしているわよ」

父親が役場に勤めていることは生徒会で一緒に仕事をしていた時に話した記憶がある。

「でも、親って、子供の異性の友達のことはあまり快く思わないらしいから、ひょっとしてひょっとと心配だった。もう一日待ってかかって来なかったら改めてかけようと思っていた矢先だったから、ホッとしたよ。なしのつぶてのまま東京に行ってしまったら、もうおしまいかな、と考えたりして」

「でも、ビックリしました。メモ用紙を見た時、まさかって目を疑ったわ」

「どうして？　少なくとも合格のお祝いを言っても不思議じゃないよね？　生徒会で一緒に仕事をした仲なんだから」

「でも、それは随分前のことだから」

「そんなことないよ」

「えっ？」

「あれから僕はずっと君のことを……いや、受験が終わるまでは我慢するけれど、終わったらすぐに声をかけようと、それを励みに勉強したんだから」

真っ直ぐ向いているはずの宏の目が頬に突きささるのを感じて、三宝はそこに灼熱感を覚えた。それにしても、素直に受けとめられない。

「松原さんにも、お祝いの電話をかけてあげたんでしょ？」

口走ってから、そっと相手を窺い見た。

「かけてないよ」

ぶっきらぼうに宏は返した。

（そんなはずはないわ）

胸の底に疑問を落とした。

「僕はかけなかったけど」

こちらの暗黙の追及に耐えかねたように、宏がまた口を開いた。

「向こうからかかってきた」

「おめでとう、だけ？」

「ああ」

宏はかすかに顎を落とした。

(嘘《うそ》だわ。きっと他に何か言ったはずだわ。あれだけ噂《うわさ》になるほど積極的にこの人にモーションをかけていたんだから)

口にしたい言葉を胸の中で幾度か反芻《はんすう》した。

「彼女から電話をもらった時ね」

不意に宏がこちらへ目を向けた。

「これが中条さんだったらどんなにいいかと思ったよ。でも君は、もし僕が電話をかけなかったら、黙ってそのまま東京へ行ってしまってたんだろうね」

そうかも知れなかった。いや、多分、そうだろう。

宏が東北大の医学部に合格したことは新聞の記事で知った。胸が熱くなった。「おめでとう」の一言なりと伝えたかった。そうした衝動にブレーキがかかったのは、松原里子も東京女子医大に合格したことを知ったからだ。二人は医者になる。同じ医学の分野でも自分が選んだのは看護婦の道で、羽鳥宏がそれと知ったら恐らく失望するだろう。事実、自分が受験したセント・ヨハネ看護大学の合格者名も新聞紙上に載ったが、宏からは何の音沙汰《おとさた》もなかった。少なくとも、数日前までは——。

「私のことなんか、羽鳥君は気にもかけてくれていないだろうなって思ってたから」

あらぬ方に逸れているだろうと思った宏の目とぶつかった。

「そんなことないよ」

逃げようとする目を宏が捉えて離さない。

「一学期だけに終わったけど、生徒会で一緒に仕事をした君のことは、ずっと忘れられなかった。お互いに無事合格を果たしたら、絶対に声をかけようと思ってた。もっとも、デザイナーになりたいと言ってた君が、看護大学に受かってるのを見て一瞬目を疑ったけどね」

三宝は確かに絵の才能があって、小学生の頃から目立っていた。県下の絵画コンクールにも何度か入選した。それを見込まれ、文集や父兄向けの学校案内のパンフレットなどの表紙絵は大抵三宝に指名が来た。

「お父さんもあたしも絵はまるで駄目なのに、不思議ね」

母はよくそう言って、せっかくの才能だからそちらを伸ばしたらいいんじゃない、ともつけ加えた。自分でも段々その気になって、

「じゃ、服飾デザイナーにでもなろうかな」

などと口走ったりしていた。

「デザイナー志望だった人がどうして看護大学に鞍替《くらが》えしたのか、その辺のいきさつを聞くのも楽しみにして来たんだけど……。とにかく、そんなわけで、今日のこの日を待ち焦がれていたんだ」

青年の強い目の光を眩しいと感じた。

「嬉《うれ》しいけど、自信が無いわ」

自分の膝のあたりに視線を落としていた。

「何が？　どう自信が無いの？」

「羽鳥君には、松原さんのような才色兼備の女性が相応《ふさわ》しいんじゃないかしら？」

三宝は目を上げて横を見た。宏の目に戸惑いと困惑の色が走っている。

「松原さんは、羽鳥君のこと好きなんでしょ？　電話をかけてきたのも、ただおめでとうを言うためじゃなくて、これからもお付き合いしたい、て言ってきたんじゃなく

って？」

「彼女のことは、何とも思ってないよ。友達以上の関係にはなり得ない。それに、もう余り会うこともないだろうから」

里子が東京へ出るからか？　その点は自分も同じである。宏の言葉が事実なら、そして、生徒会の仕事が終わって夏休みを迎える前にその気持を伝えていてくれたなら、尊敬する繁原康二郎《しげはらこうじろう》先生が学長をしておられるからといくら母が薦めても、わざわざセント・ヨハネ看護大学を選ぶことはなかったかも知れない。母と同じ東北大学附属の看護学校を受験していただろう。そうすれば、宏とはいつでも会うことが出来たではないか――。

だが、そこまで思いめぐらした時、一つの誤認に気付いて人知れず顔を赤らめた。二年の夏休みに入る頃は、まだ進路は何も決めていなかったことに思い至ったのだ。漠然とデザイナーに憧れていたくらいで、看護婦になろうなどとは夢にも思っていなかった。はっきり看護大学を志したのは、三年になって間もなくだった――そこまで記憶が蘇って、三宝はまた膝もとに視線を戻した。

カエルの子

看護婦を志したのは、人に勧められたからではない。「看護婦は私の天職よ」と誇らし気に言い切って譲らない母が、何故か娘には一度たりと看護婦になれと口にしたことがない。

幼い頃は母親の職業を嫌う気持の方が強かった。学校から帰っても、休祝日も、母親が家にいないことが多かったからである。

たまに患者として母の勤める病院に入院したことがあったが、白衣とナースキャップをまとった母はまるで別人で、甘えられる存在ではなかった。

「お母さんが恥ずかしいから、泣いたり騒いだりしないのよ」

そう言って予防注射を肩先にしたり、点滴の針を腕の静脈にさす母は、学校の教師よりも怖かった。

しかし、中学の後半になって、少し見方が変わってきた。クラブ活動を終えて帰宅すれば母は大抵キッチンに立っていた。夜も大方家にいた。病棟から外来への勤務に転じたからだと知った。

それと申し合わせたように、三宝が入院することはなくなった。幼少時の入院は肺炎やウイルスによる感染性胃腸炎のためだったが、長じてから病院通いを強《し》いられたのは、インフルエンザや扁桃炎のためで、初診時の採血と薬の処方だけに留まった。しかし、外来で見る母は、以前よりはるかに潑剌《はつらつ》とし、光り輝いていた。スタッフや患者からの信望も厚そうだ。採血にしくじった若い看護婦が、「ああ、駄目だ。婦長さーん、お願いしまーす」と助けを求めると、すかさず入れ代わって、ややもせぬうちに血管を探り当てる。中には最初から「婦長さんに採ってもらって」と指名してくる患者もいた。職業婦人としての母と、看護婦という仕事への畏敬《いけい》の念がいつしか三宝の中で芽生え始めていた。

「私も、看護婦になろうかな」

高校に入って間もなく、夕食後に看護雑誌を開いている母親の手もとをのぞき込んで、出しぬけに三宝は言った。

「えっ……」

志津が驚いて顔を上げた。

「デザイナーになるんじゃなかったの？」

「一流のデザイナーになるのって、そんなに簡単じゃないでしょ？」

「何だって一流になるのは大変よ。才能プラス努力、それも人一倍の努力が要るわね」

「看護婦は？　注射でも上手な人とそうでない人とあるけど、やっぱり、才能の違いなの？」

「才能というか、注射の上手下手はセンスの問題ね。それと、経験かな。でも、いくら経験を積んでも上手になれない人もいる」

「お母さんは、じゃ、昔から注射は上手だったのね？」

「まあね」

「注射が上手じゃないといい看護婦にはなれない？」

「そうとも限らないけど、患者さんの信頼は得られないわね。それに、いざという時素早く血管を確保できないと命に関《かか》わることがある。だから、注射は上手に越したことはないわよ」

「私は、どうかな？　お母さんみたいにセンスがあるかな？」

「それは分からないけど、でもね、看護婦にとって大事なのは、センスばかりじゃないのよ。病気で苦しんでいる人を思いやる心と、それに、体力ね。何故って、看護婦には夜勤がつきものだから。赤の他人のために夜中も起きて働くのは、思いやりと体力がなければ出来ないことよね。あなたは、思いやりには事欠かないと思うけど、体力の点で、どうかな。朝はなかなか起きられないし、寝不足はすぐ体にこたえるみたいだから、ちょっと無理なんじゃない？」

「お母さんのように、外来勤務だけ、て方法もあるでしょ？」

「なくはないけど、でも、若い看護婦をいきなり外来で使ってくれる病院はないわよ。開業医さんくらいよね。でも、それじゃ本当に看護婦としてのやり甲斐はないわね。やっぱり、入院患者を受け持たないと」

思えば母は自分が生まれる前から白衣を身につけていたのだ。二十有余年のそのキャリアの重みが言葉の端々から伝わってくる。暇があれば看護雑誌を繙《ひもと》いている母の姿にも憧れた。

「医学は日進月歩だからね。お医者さんばかりじゃなくって、看護婦もうかうかしていられないのよ。いつも最先端の知識を頭に入れておかないとね」

何という刺激的な言葉だろう。母のこの一言で、受験勉強にも弾みがついた。

何故看護大学を受験したのかという宏の問いかけに、母との思い出をひとしきり語ってから三宝は答えた。

「それとね。この写真が、私の決意を固めてくれたの」

三宝は膝に置いていたバッグから一枚の写真を取り出した。

「これは……？」

既《すで》にセピア色に変色しかかった写真を宏は訝り見た。ワンピースの白衣とナースキャップをかぶった若い看護婦が颯爽《さっそう》と立っている。

「君の、お母さん……？」

「ええ。看護学校を卒業した時の写真ですって」

「奇麗だ。素敵な笑顔だね」

「でしょ？」

「君もかわいいけど、でも、別のタイプの美人だね」

「私は、母には似ていないと言われるもの」

「じゃ、お父さん似なんだ。子供は大体異性の親に似るよね」

「ところが、父とはまるで似ていないの」

「へーえ。じゃ、おじいさんかおばあさん似だな。隔世遺伝って言うらしいけど」

「そうかなあ」

　数年前まで同居していた母方の祖父母の顔を反射的に思い浮かべていたが、自分はどちらにも似ていないと思った。

　父方の祖父母の記憶は乏しい。二人は長男の住む多賀城市にいたが、祖父は三宝が中学三年の時に他界した。死んだ人間の顔を見たのはそれが初めてだった。伯父の傍らで弔問者の接待に当たっていた祖母の顔はおぼろに思い出されるが、やはりどちらも自分とは似ていない。

「白衣の天使、て言うけど、この写真のお母さんはまさにぴったりしその通りだね」

　宏は感嘆しきりの面持ちで写真に見入っている。

「この時のお母さん、いくつかなあ？」

「確か、二十一」

「その時出会っていたら、きっと一目《ひとめ》惚《ぼ》れしただろうな」

「そんな言い草ないでしょ。失礼ね」

三宝は宏の手から写真を奪い取った。

宏が未練がましく自分の手もとを目で追うのを尻目に、三宝はさっさと写真をバッグに戻した。

「あ、そうか」

宏は拳を額にあてて三宝の顔をのぞき込んだ。

「ごめんごめん。別の女性ならいざ知らず、他ならぬ君のお母さんなんだからいいだろ。こんな素敵なお母さんを持っている君は、ますます魅力的だよ」

「まあ、いいわ。この写真を改めて見直して、母のような看護婦になりたいな、て思ったんだから」

「結局は、カエルの子はカエル、てことだね」

「でも、羽鳥君はそうじゃないわね」

「僕の場合、父親は反面教師だな」

陽気だった青年の顔が不意に曇った。

「反面教師——て、悪い見本、ていう意味でしょ？」

「ああ」

「どうして？　弁護士はお医者さんと共に聖職と呼ばれる立派なお仕事でしょ？　マハトマ・ガンジーは、弱い虐《しいた》げられた人々の代弁者になりたくて弁護士になった、て中学の教科書で読んだけど」

「刑事事件を専門とする弁護士にはそういう正義漢もいるらしいけどね。民事専門の弁護士の中には金儲《かねもう》けが目的の人も結構いるらしいんだ」

「羽鳥君のお父さんは？」

「民事専門」

「じゃ、お金儲けが目当てで弁護士になったの？」

「そうとは露骨に言わないけどね。でも、こちらはカエルの子はカエルで弁護士を志している兄貴と話しているのを聞くと、およそ弱きを助け強きを挫《くじ》く弁護士のイメージとはほど遠くて幻滅を覚えるんだ」

　二年前には気付かなかった鬢《びん》から顎にかけての蒼《あお》い髭《ひげ》の剃《そ》り跡が、大人びた横顔を清々《すがすが》しく逞《たくま》しいと感じさせた。

「ま、元々夫婦は他人同士で、人格も性格も考えも違っているんだから、生まれた子供が何から何まで一緒なんてことはあり得ないけど、価値観を全く異にするのは淋《さび》しいよね」

「価値観、て、たとえば、人生の目的のようなもの？」

「そう。何のために生きるか、だね」

「自分のために生きるか、人のために生きるか、てことかしら？」

「うん」

少し鰓《えら》が張って、そこも大人びた感じの青年の顔をまたそっと盗み見た。

(少なくともこの人は自分のためでなく人のために生きようとしている)

弁護士でなく医者の道を選んだのはそうした価値観に依《よ》ったことであり、それは自分が看護婦の道を選んだものと酷似している、と確信できた。

火宅の人

志津と別れた後、佐倉周平は塩釜の自宅に寄った。時間はすでに午後の九時を過ぎていた。ひと月に一度帰るか帰らぬかだったから、事前に連絡は入れてあったものの、どういう風の吹き回しかと妻の品子《しなこ》は訝《いぶか》った。二週前の土曜に帰っていて、これまでの周期からいけば、まだ当分帰るはずはなかったからである。

「こっちで、ちょっとした学会があってね」

それで誤魔化《ごまか》せると思ったのが、品子は意外に執拗《しつよう》に問いつめてきた。

「なんの学会？　どこであったの？」

「乳癌研究会だよ。ホテル・ニューワールドで」

ホテルの名は嘘ではない。品子がそこまで陰湿なことをするとは思わなかったが、たとえそんな学会が本当に開かれたかどうかホテルに問い合わせて嘘がバレたとしても別段あわてふためくことはない。

中条志津とホテルで密会したことがバレることは金輪際《こんりんざい》あり得ないだろう。部屋は志津の名で予約されており、自分の名はどこにも留められていないからだ。

（いや、よしバレたとて、俺はただ、患者のやむにやまれぬ求めに応じて内密に出張診察を行っただけだからな）

その患者が何者であるかも、いざとなれば明らかにしたって構わないと、さらに開き直るものがあった。

志津のことは、品子と結婚する前後、一度限り話題に上ったことがある。これまで結婚を考えた女の人はいなかったかと品子のほうから問いただしたことで、ひとりだけいたが、既に人妻でどう仕様もなかった、と答えた。

品子は深追いはしてこなかった。どこまでの関係だったかも聞かず、

「その女《ひと》とは、もう後腐れはありませんか?」

と、遠慮気味に確認するだけに終わったが、その寛大さがかえって佐倉に一つの疑問をもたらした。男の方ばかりを咎め立てできない理由が相手にもあるのではないか、と。

お互いに、多少のわだかまりを秘めたまま式の日を迎えた。

周平は派手な披露宴を嘉《よ》しとせず、身内と心許す数名の友人に立ち会ってもらい、式と、簡単な内輪のパーティだけで済ませたいと主張した。あなたがどうしてもそうしたいとおっしゃるならそれでもいいですと品子は諦《あきら》め気味に頷いたが、双方の親が抵抗を示した。周平は独りっ子であり、品子も下に弟がひとりいるだけだから、子供の晴れの舞台は一生に一度か精々《せいぜい》二度しか見られない。後は何に金を使うでもなし、子供らの第二の門出くらい贅《ぜい》を尽して祝ってやりたいという親心が解《げ》せぬかと、最後

は泣き落としに近い説得ぶりに、周平は渋々翻意した。

式は、品子と両親の宗旨に譲って、仙台市内のあるカソリック教会で挙げた。

ポーランド人で、来日して三十年という神父が、

「佐倉周平、あなたは嘉藤《かとう》品子を妻とし、終生愛することを誓いますか？」

と驚くほど流暢《りゅうちょう》な日本語で問いかけた時、周平は一瞬生唾《なまつば》を呑み込んだ。そして、恐ろしいほど切羽詰まった気持に駆られた。不埒《ふらち》な思いがあわただしく胸をよぎった。

（ノーと言える、これが最後のチャンスだぞ）

刹那、周囲の目が一斉に自分を訝り見ているように感じた。

（ままよ！）

清水の舞台から飛び降りる心地で目を閉じた周平は、

「はい……」

と小さく、呻《うめ》くように呟《つぶや》いた。

品子が咎めるようにこちらを流し見たように思ったが、あるいは錯覚だったかも知れない。会衆に疑念をもたらした周平のそれを補《おぎな》って余りあるかのように、品子の応答は、ハッキリと情感のこもったものだった。

だがその夜、品子と結ばれた時、婚前からの疑惑が実証されたように思った。彼女にとって自分は初めての男ではない——品子の体や反応にその動かしがたい証拠を見て取った、と……。

だが、深い失望と憂鬱《ゆううつ》を、佐倉はその時限り自分の胸の奥深くにしまい込んだ。

一年後に長男が、四年後に次男が生まれた。五年後に品子は三番目の子をみごもり、周平は女の子であることを願ったが、なぜか四か月目で流産し、その後子供はできなくなった。

長男の高志《たかし》は、誰の目にも愛らしく利発に見えた。〝愛の結晶〟などとは口が裂けても言えなかったが、可愛《かわい》がりようは世の常の親と同じで、親馬鹿ぶりもまた人並みであった。

満二歳半の頃、「こいつは天才かも知れないぞ」などと、周平は高志に目を細めた。車に乗せると、高志は窓にすり寄って行き交う車を指さし、「あっ、あれはカローラ！」「こっちはコロナマークIIだ！」「後ろの車はクラウンだよ」等々、絵本で記憶に刻み込んだとしか思えない多種多様な車の名をピタリと言い当てたからである。

だが、それはとんでもない買い被《かぶ》りだった。小学校に入ると、高志はごくふつうの子供になった。

　中学でも成績は低迷を続け、高校は辛うじて二流の私学に入れた。が、勉強にはまるで身を入れず、悪友たちと遊び回るようになった。

「何をやっても駄目な奴だ」

　周平は露骨に息子への失望を口にするようになり、高志と口をきくこともなくなった。

　品子との間も冷え出した。子供は異性の親に似るんだ、というのが周平の持論で、高志のできの悪さ、だらしなさは、九分通り妻の血統によるものと主張し、女の子だったらもう少しましな子供が出来ていただろうと言った。

　二年前のある日、周平は突然、秋田の病院へ移る、単身で行くと切り出し、品子を驚かせた。

「そんな……事前になんの相談もなしに、ひどいわ」

　品子は涙ぐみながら抗議したが、周平の目は冷ややかだった。

「高志とはもう、同じ屋根の下に住みたくない。あいつを出すか、でなきゃ俺が出ていくしかないと考えていた。丁度いい機会だよ」

秋田へ周平を誘ったのは、大学の医局で同輩だった浅沼《あさぬま》という男である。秋田の大《おお》館《だて》市の出身で、先輩の講師が新設成って間もない秋田大学医学部の助教授として赴任した際、一緒についていった。そこに五、六年いて、その後、今周平がいる尾坂町の町立病院に外科部長として赴任したが、大館で開業していた父親が七十歳になってそろそろ外科の第一線から退《しりぞ》きたいと言い出したので、跡を継ぐべく退職を申し出た。しかし、尾坂病院の外科医は、大学から半年交代で若い医者を出してもらっているだけで実質浅沼ひとりだったから、あなたが抜ければ外科は開店休業も同然となる、それでは困る、とにかく後任のメドが付くまでと、内科医の院長に泣きつかれ、思案に暮れていた。そんな折しも、久々に出向いた学会で、バッタリ佐倉周平と出くわしたのである。

大学を出て以来の互いの軌跡を語り合い、話が近況に及んで間もなく、

「そういうわけで、引くに引けない状況にあるんだが、どうだ、俺の後釜《あとがま》、引き受ける気はないか？」

浅沼が、駄目でもともとのつもりで口走った時、佐倉は「冗談だろう？」という顔をしたが、次の瞬間には真顔に変わり、

「くわしく聞かせてくれ」

　と、身を乗り乗り出したのだった。

「君があんまり乗り気を示してくれたんで、あの日、君と別れてから、俺は思わずホッペタをつねったよ」

　二週と置かず、「下見に」と称して佐倉が尾坂に出向いた時、浅沼は喜色満面、声を弾ませて片頬をつねって見せた。

「気に入った。来るよ」

　一晩と半日かけて病院と尾坂界隈《かいわい》を見学し、さらに十和田《とわだ》湖畔に足を延ばしてホテルのレストランに落ち着いた時、佐倉はこうボソリと吐いて浅沼を感動させた。

「そうか、来てくれるか！　いや、助かる。ありがとう！」

　浅沼は興奮の体《てい》で諸手《もろて》を差し出し、佐倉の手を握りしめた。

　それから二か月後、佐倉は単身で秋田にやってきて、浅沼が空けた宿舎に身を落ち着けた。

　浅沼は週に一日、大館から車で半時間かけて手術の手伝いに来た。佐倉もまた週に一度浅沼医院の手術の手伝いに赴いたが、一年ほど経《へ》たある日、

「俺はもう自分とこでオペをするのはやめる。オペ患は全部お前に送るよ」

と宣言した。理由をいくつかあげた。

「第一には、お前のオペを見てきて、俺はつくづく手前の外科医としての非才さを思い知らされた。

第二には、オペはお前が来てくれるんでいいが、術後管理が難しい。入院患者を放っといて三日も家はあけられん。個人医の限界を感じたし、そういう縛られた生活がいい加減しんどくなった。

第三には、俺にはオペより内視鏡のほうが性《しょう》に合ってる、と悟ったんだ。幸か不幸か、内視鏡の点数は、オペ並みにいいしな。気も楽だし、こっちをメインにやるよ」

こうして浅沼は内視鏡に専念し、そこで見つけた胃や大腸の癌患者を佐倉に送ってくるようになった。

「あなた、高志がまだ……」

仙台から戻った周平が玄関に下りて施錠しようとした時、物音を聞きつけた品子が飛んできた。

「どこへ行ってるんだ？　門限は十時と言ったはずだろ」

「兄ちゃんが十時に帰ってきたことなんかないよ」

次男の秀二《しゅうじ》が母親の背後から口を出した。

「この頃は、学校へも行ってないよ。タバコも吸ってるし……部屋が臭くってたまらないよ」

「何っ……⁉」

品子が息子の口を封じるよりも早く、周平の体は二階にすっ飛んでいた。

高志の部屋のドアは無防備に半開きになっていたが、周平はそれを足蹴《あしげ》にして中へ押し入った。

明かりを点《つ》けると、闇《やみ》の中でも部屋の乱雑ぶりが見て取れた。

床には少年漫画誌が重ねられ、脱ぎ捨てた柄もののトランクスが散らかっている。

壁にはポスターや週刊誌から切り抜いたと思われるヌード写真がベタベタと貼りめぐらされている。

「なんだっ、これは！」

叫ぶなり周平は、大人びた媚笑《びしょう》を浮かべて裸体をさらけ出しているアイドルたちのポスターに飛びかかった。

「あなたっ、女の子の写真くらいいいじゃありませんか」

恐る恐るといった体で上がってきた品子が、「この野郎！　この野郎！」と口走りながら狂ったようにポスターや写真を引きちぎりはぎ取っている夫の背後から叫んだ。

「何がいい、こんなもの！　色気ばっかり一人前になりやがって！」

「だって、思春期なんだから、女の子に興味があるのは当然でしょ」

「なんでお前はそんなふうにかばうんだ!?」

周平は逆上し、血走った目で妻を見すえた。

「学生には学生としてやるべきことが他にいくらでもあるだろ。全く、こんなものっ！」

週刊誌や少年漫画誌が周平の足蹴を食らって部屋に飛び散った。周平の目は机の片隅に無造作に置かれた灰皿も見咎めた。

「いつから吸ってるんだ」

おそらくもう何日も前からの吸いガラがモザイクのように重なっている灰皿を鷲摑《わしづか》みにするや、周平はさらに目をむいて怒鳴った。

「大分前、中学三年の頃からよ。担任の先生にも見つかって、何度も注意を受けたんだけど……」

「なんてことだ！」

不意に脱力感に襲われたように、周平はガックリと肩を落として部屋を出た。

階下で電話が鳴った。秀二が出た気配だ。

ふたりが下りていくと、

「叱られても知らないからね」

と不貞腐《ふてくさ》れたように言って、秀二が受話器をおろした。

「なんなの？　高志から？」

品子が問いただすのへ、秀二はコクッと頷いた。

「今夜は帰らないって」

「帰らん？　どこへ泊るんだ？」

周平の眉間《みけん》に再び険が立った。

「さあ……。友達の家だと思うけど。最初は十一時頃に帰るって言ったんだよ。でも、お父さんが玄関閉めちゃったよ、て言ったら、じゃ帰らない、泊ってくる、て……」

周平は息子の部屋から手に下げてきた灰皿を荒々しく秀二の足もとの屑カゴに投げ入れた。

一時間後、床に就いたものの、周平も品子も寝つかれなかった。

「ねえ、あなた」

ややあって品子が背に語りかけるのへ、眠ったふりをしていた周平は、

「うん？」

と身じろぎもせず返した。

「せめて、月に二度は、帰ってくださらない？」

相手に見えないところで開きかけた瞼を、周平はまた大儀《たいぎ》そうに閉じた。

「いろいろ、相談に乗って欲しいこともあるし」

「高志のことなら、もういい。俺の人生の、最大の誤算だったよ」

闇の中に、周平は絶望的な呻きを漏らした。品子が、諦めたように向こうへ寝返るのを感じた。

周平は、今日半日の中条志津との時間を思い起こしていた。

「あたしの手術、してくださる？」

こちらをヒタと見すえて、別れ際に吐いた志津の言葉を反芻していた。

「そうすれば、あの子とも、ごく自然に会ってもらえると思うし、あなたをすんなり受け入れてくれそうに思うの」

（中条三宝…… 本当に、俺の娘なのか？）

形にならない幻を闇の中にまさぐった。

しこり

なぜか志津は、出がけに利用した東北線に乗る気がせず、ホテルの前でタクシーを拾った。

佐倉のほうは、電車に乗るともタクシーにするとも明言しないまま、「ま、とにかく先に」と志津を押し出した。

また会える——その手応《てごた》えをかみしめて、促されるまま車に乗り込んだ。

（でも、もう、患者になりきるしかないわ。乳房を失っちゃうんだもの）

手を振って、相手がそれに呼応したのを確かめてから、流れ行く都会の夜の町にうつろな視線を流しながら志津はひとりごちた。

　佐倉は、手術を引き受けるとは確約しなかった。

「無論、選択権は君にあるが、オペだけでは駄目だろう。術後、局所に放射線を当てたほうがいい。と、なると、ウチでは無理だからね」

　わずか半日で病態がしっかり定まり、術後のことにまで話が及んでいる。その恐ろしいまでのスピーディな展開に戦きながら、不思議に佐倉の前では絶望的にならなかった。

「それでもいいの。放射線まで当てるとなると、どうせあたしのところでもできないし……どこか適当なところを紹介してくださるでしょ？」

「それは、無論だが」

「だったら、あなたにはオペさえしてもらえばいいわ。その、オッパイを同時に作って方法、あなたならではのものなんでしょ？　それを是非お願いしたいの」

「いや、別に僕が考案したわけじゃない。外科医でそこまでやるのはあまりいないが、形成外科の分野では結構やられているよ。もっとも、切り取った直後に一期的に作ってしまうというのは、まださほど普及していないがね」

「でも、そのほうがいいのよね？　オッパイを失った寂しさを長くかこつこともないし、延ばし延ばしにして、そのうちに癌が再発してしまったら、もうオッパイを作るどころじゃないものね」

「ああ。二期的に作るという方針の医者はね、少なくとも一、二年くらい様子を見て再発がなければ作る意味がある、という考えらしい。それに、乳房を作ってしまうと局所の再発が見逃されがちになる、ともね。局所の再発なんてきわめて稀《まれ》だし、起こしたら起こしたで、取るなり放射線を当てるなりすればいいじゃないかって、僕なんかは考えるんだが」

「思ってた通りだわ」

佐倉をしげしげと見すえて志津は言った。

「何が？」

「あなたが、大先生だってこと」

「皮肉かい？」

佐倉は苦笑を返した。

「率直な感想よ。だって、お別れした時、あなたはお医者になってまだ四、五年目だったでしょ？」

「そうだったかなあ。大学の医局に二年いて、それから、一年で帰してもらう約束で出たはずが、君のお陰で離れるに離れられなくなって二年、三年と経て……」

「まる三年は、いなかったでしょ？　あたしが妊娠したのを知って、逃げるように病院を去ったのは、確か……」

「人聞きの悪い。何も逃げたんじゃない」

佐倉が気色《けしき》ばむのを、志津は改まった感覚で見返した。

「そうね。結局はあたしが優柔不断だったのよね。夫と離婚してもいいという覚悟はあったけど、子供と親は捨てられなかった。せめても子供があなたになついてくれれば子供を連れてと思ったけど、駄目だったわね」

「ああ、まるでなついてくれなかったねえ。僕は、そんなに子供に嫌われるタイプじゃないんだが、なぜか君の子供は駄目だった。あの頃、いくつだったのかなあ？」

「三つ……別れる頃は四つ近くになっていたかしら？」

「子供心に、母親を奪っていくライバルだという勘《かん》のようなものが働いていたのかもね。男の子だったし……」

「それが、あなたを思い切らねばと思わせた最大の理由だった。子供より、無論、あなたのことを愛していたけど、子供を夫や親に押しつけてまであなたと駆け落ちする勇気はなかったの」

不意に佐倉は押し黙り、コーヒーカップを口に運ぶと、そのまま目を閉じた。

「ごめんなさい。遠い昔のこと、今さらほじくり返しても仕方がないわね」

何か瞑想《めいそう》にでも入ったかのように、相手がいっかな瞼を開こうとしないのを見て、志津はいつしか話題があらぬほうへ逸れていることに思い至った。

「そうそう、あなたが大先生になったことに感動した話をしていたんでしたっけ？」

「ん？」

佐倉は喉の奥で声をこもらせて吐くと、コーヒーカップを鼻尖《はなさき》から離し、ようやく瞼を開いた。

「あれから二十年間、君の思い出に引きずられて悶々《もんもん》とし、まともに医者の勉強をしていなかった、とでも……」

「皮肉屋さんね」

志津は、悪戯っ子のように唇を突き出して見せた。

「いくらなんでもそこまで自惚《うぬぼ》れちゃいないわ。それに、女一人のことでダメになってしまう人とも思わなかったし……。そうじゃなくて、やっぱり信じていたとおり、あなたはどこへ行っても真面目に勉強し、たゆまず腕を磨き、立派なお医者様になったんだなって、さっき見せたコピーを読んだ時、そう思ったし、今、乳癌の説明を聞かせてもらって、ますますその感を深めたの。だって、あなたの本当の専門は消化器ですものね。でも、オッパイのほうもひとかど、随分お詳しいんだとわかって嬉しかったの。正直なところ、こうしていろいろお話を伺うまでは少し不安だったけど……」

「弱ったね」

一つ大きな吐息をついてから、佐倉は改まった風《ふう》に志津を見返した。

「何が？　厄介なことを押し付けられて？」

「いや、そうじゃない。オペを引き受けることは一向に構わんが、それに派生する諸々のことがね」

「たとえば？」

「まず第一には君の家族のことだよ。なぜそんな秋田の片田舎までわざわざ行くのかと、不審がられるだろう」

「それは、大丈夫よ。昔ならいざ知らず、今は少しばかり遠くたって飛行機でひと飛びって時代でしょ？　それに、あたし、切り札を手に入れたから」

「切り札？」

「さっきのコピーよ。あなたの書いたもの。オッパイを作ってくださるのはこの先生しかいない、とっておきの名医だからって言えば、立派な大義名分。皆納得するわ」

佐倉の顔にさして迷惑げでもなさそうな気配を感じ取って、志津はほくそ笑んだ。

だが、佐倉と別れて一人になると、たちまち気分が塞《ふさ》いできた。

(四段階のⅢで、持って五年、還暦を迎えずに死ぬんだわ)

よくよく反芻してみれば、佐倉は恐ろしいことを宣告したのだ。

(よくもまあ、ズケズケと……他人事《ひとごと》だと思って……やっぱり冷たい人なんだわ)

不覚にも、また涙がこみ上げてきた。一日腫れぼったい目で相対したこともいまいましかったが、自分が終始一介《いっかい》の患者扱いにされたことも今さらにして悔しかった。

自分でも、今は普通じゃない、異常に涙もろくなっている、と感じながら、またしてもすすり上げた。ハンカチを口に押しあて、嗚咽になるのをこらえながら。

涙が充分乾く間もなく車が名取の町に入って、志津はあわてた。

バッグから手鏡を取り出して顔を見た。佐倉と別れる時はどうにか元通り開いていた目を、腫れぼったい瞼がまた重く覆いかけている。

夫は疾うに帰っているだろう。顔を合わせるなり、様子がおかしいと見咎めるに相違ない。

「同窓会で、瞼が腫れ上がるほど泣くことがあるのかい？」

そう問いつめるかも知れない。

(悲しい作り話を考えなきゃ)

まつ毛に残った涙を拭き取り、ルージュをもう一度引き直した。

ほとんど人通りのない町並みを縫って、家の門前に通じる道の角に車が近づいた時、ライトの先に浮かび上がった若いカップルに気付いて思わず息を呑んだ。

(三宝……)

自分の娘を見間違えるはずはなかった。スプリングコートのその後ろ姿は、束《たば》ねて肩にかかった髪でもそれと知れた。

三宝は百六十センチ近くあったが、肩先が微妙に触れ合わんばかりに並んで歩いている連れの男は、頭半分三宝より上背《うわぜい》があった。

「すみません、運転手さん」

二人の姿が角の向こうに消えたところで、志津は身を乗り出した。

「その、角のところで結構です」

車から降りて、ゆっくりと角を折れた時、若いカップルは前方十数メートルのところを歩いていた。

志津のヒールの音に気付いたかのように、男が一瞬こちらを振り返ったが、またすぐ視線を戻した。

（まったく油断も隙もありゃしない。男の子の話なんか聞いたことなかったのに！）

ヒールの音を意識的に殺し、間隔を詰めないよう気を配りながら、ひたすら前方を見すえた。

紛れもなく、中条家の門前でふたりの足は止まった。三宝が家を指さし、相手の青年が頷いている。そして次の瞬間、ふたりは向き合った。

（キスなんかしたら、承知しないから）

志津はいくらか歩調をゆるめながら、今にも相寄《あいよ》りそうな二つの影をにらみすえた。

男のほうが何か喋っている。三宝は頷くだけで言葉は放っていないようだ。

ほどなく、青年が手を差し出した。三宝は、おずおずと手を差し伸べた。青年の手がそれを捉え、しっかと握った。

志津は軽いめまいを覚え、一瞬目を閉じたが、同時に足も止まっていた。

気を取り直して歩み出した時には、娘の姿は玄関に吸い込まれようとしていた。それを見送っていた青年が、やがてクルリとこちらに向き直った。

瞬《また》く間にふたりの距離が縮まった。

すれ違いざま、そっと相手を窺い見た。そのままやり過ごして真っ直ぐ家に向かったが、門まで来て開き戸に手をかけたところで、フッと、今たどってきたばかりの道を流し見た。背に何かささるものを感じたからである。

案の定、角に差しかかった青年が佇んだままこちらを振り向いている。

視線が合ったと思ったその瞬間、青年が慇懃《いんぎん》な会釈《えしゃく》を送った。志津は一瞬戸惑ったが、誘われるように小さく礼を返した。

青年はなお未練を残すかのようにじっと立ち尽している。それにいつまでも呼応していたら相手がこちらへ引き返してきそうな気がして、志津はその視線を振りきるように勢いよく玄関へ入った。

「あれっ、まるで申し合わせたみたいだな」

リビングでテレビの野球中継に見入っていた夫が、志津を見るなり言った。

「三宝も今帰ってきたとこだよ。ひょっとして一緒だったのかい？」

「ううん、別よ。三宝は？」

「さあ……部屋か、それとも風呂かな？」

「お風呂、入れてくださったの？」

「ああ」

夫はプロ野球に余念がない。

「さあ、いよいよ最終回の攻防です」というトーンの上がったアナウンサーの声が耳に障《さわ》った。こちらに気を配っているようで、夫の注意は半分以上テレビに注がれている。腫れた目を直視されないだけましだ、と思い直した。

「じゃ、あたしもお風呂に入ろうかな……」

語尾を濁し、さっさと寝室へ着替えに行った。

浴室にはロックがかかっている。裸になってから、

「私よ、あけてちょうだい」

と志津は曇りガラスのついた戸をノックした。

「えっ、お母さん……？」

ガラスの向こうで肌色の影が揺らいだ。

こちらは性急にノブに手をやった。刹那、カチリとロックが解除された。

志津が入っていくと、あわてて浴槽に身を移した格好の三宝が胸をタオルで覆った。

「いつ、帰ったの？」

「つい今し方」

志津はさりげなく娘を見返した。

「今日はたくさん汗をかいたから、あなたが出るのを待ってられなかったのよ。今入ったばかりだと言うし……」

志津は娘の胸元あたりの湯を桶《おけ》にすくいながら言った。

「夕ごはん、外で済ませてきたの？」

「うん……そう……」

歯切れの悪い返事をカモフラージュするかのように、三宝はタオルを顔に持ち上げた。その分胸の覆いが取れて、小さなピンクの乳首が湯をはじいた。

「どうやらあなたには、一度に春が二つも三つも来たみたいだけど……」

志津がカマをかけるのへ、三宝は聞こえぬふうを装ってタオルで顔を一拭いしてから、母親を見返した。その悪びれぬ澄んだ目に、否《いや》でも佐倉の面影を垣間《かいま》見た。

「あの青年、誰なの？」

「高校の友達で……」

志津は娘の上気した頬と、次いで、ときめいているであろう胸の高まりを視野に捉えた。

「羽鳥君と言って、今度東北大学の医学部に入った人よ」

「クラスメートだったの？」

「ううん」

「じゃあ、どうして知り合ったの」

「同じ委員に選ばれたから、生徒会で一緒になって……」

志津は腰を上げると胸にタオルをあてがってバスタブに脚を入れた。膝を屈した姿勢で母と娘が向き合う形になった。目の遣《や》り場に困ったように、三宝は視線を落とした。

「お付き合いはいいけど、間違いは起こさないでね。学生の本分は勉強よ」

志津は娘を凝視し続けて言った。三宝はおずおずと視線を上げた。

「わかっている……」

志津はゆっくりと頷き、胸に当てていたタオルを脇へのけた。いきなり露《あらわ》になった母親の乳房を正視できず、娘はまた俯《うつむ》きかけた。

刹那、志津は娘の手首を捉えた。

「ここ、触ってごらん」

有無を言わさぬとばかり、娘の手を引き寄せ、その掌《たなごころ》を自分の右の乳房に押しつけた。

葛藤

一夜明けるのを待たず、中条家に暗雲がたれ込めた。

夫も娘も、志津に促されるまま触れた右の乳房のしこりが、聞くも恐ろしい癌というシロモノであるとは咄嗟に信じられなかった。まして、その手術を受けるためにはるばる秋田に行くと聞いて気が動転した。

夫の正男《まさお》は、地元名取に県立のがんセンターができている、そこがいいんじゃないかと口を極めたし、三宝は三宝で、兄の正樹や自分が看護できるのだから、それになんと言っても大都会でその道の専門家はあまたいることだし、是非とも東京の病院にしてほしい、と懇願した。

志津は何故秋田で受けたいのか、懇々《こんこん》と、諭《さと》すようにふたりに話した。

第一に、自分のような中年の女でも乳房をごっそりえぐり取られることはたとえようもなく悲しい、だが、秋田の先生は胸のふくらみを失わない手術をしてくれるのだ、と。

「これが証拠よ」

と志津は、後生《ごしょう》大事にバッグにしまい込んでいる佐倉の論文をふたりに示した。

夫は「なるほど、そうか」と、いくらか表情を和らげた。

三宝は、納得しながらもなお激しく抗《あらが》った。秋田の先生ができるなら、東京の大学病院や、自分がこれから学ぶセント・ヨハネ病院の先生にできないはずはない、早速行って聞いてみる、それまで秋田行きは思い留まってほしい、秋田なんていくらなんでも遠過ぎる、といきまいた。

志津は第二の理由として、名取はさておき、喧噪《けんそう》を極め、緑に乏しいところで療養生活を送りたくない、いくら遠くても、空気の澄んだ風光明媚《ふうこうめいび》なところでゆっくり養生したい、そのほうが、気持も和《なご》み、病気にもいいはずだから、と主張した。

「でも家族は、心配だし寂しいわ。そんなに長いことお母さんの顔を見なかったら」

父親が喋らない分、代弁するように三宝は言った。

「だって、あなたももう東京へ行くのよ。あたしが病気でなくたって、そうちょくちょく会えるわけじゃないのよ」

「お父さんはどうなの？」

「僕は、毎週土、日なら行けるけれどね」

自分の言い分に加勢して欲しいと言わんばかりだった三宝は、母親の希望を是認《ぜにん》するような父親の言葉に剝《む》くれた。

（毎週土、日なんて、来て欲しくない……）

志津の胸を、咄嗟にこんな思いが掠《かす》めていた。

(誰にも妨げられず、あの人のそばにいて、あの人と話がしたい)

最後はわめき散らしてでも絶対に秋田に行くと言い張るつもりだったが、少なくとも夫はその前の段階で説得できる、手こずるとしたら娘の方だろう、との予測は当たった。なんとしても三宝を説き伏せねばならぬ。

「お父さんだってお仕事があるし、近くにいるといろいろ余計な心配が先立つから、思いきって遠くに離れたほうがいいのよ」

秋田へ行くのは無論自分のためでもあるが、本当は三宝、あなたのためなのよ——そう付け加えたい衝動を押し殺していた。

「結論は待って。私、とにかく学校の先生にも相談してみるから」

三宝はあくまで東京に固執する。

「時間がないのよ」

志津は少し不機嫌を装った。

「検査もこちらですべて終わったし、後は手術を待つだけ。実は、秋田の先生に、もう電話と手紙でお願いしてしまったの」

有無を言わさず承服させようと、こちらは畳みかけるように言い放った。

夫も娘も、唖然《あぜん》として志津を見た。〝抜けがけ〟もいいところだ、なぜ事前に自分たちに一言言ってくれなかったのかと、二人はこもごも口を尖《とが》らせた。

「悩む時間は少ないほうがいいと思ったから」

愚痴《ぐち》をこぼし続ける二人に、志津はまたかんで含めるように言った。

「行く時はあたしひとりでいいからね。お父さんは手術の時だけ来てちょうだい。正樹や三宝は、退院の時でいいわ」

その実志津は、夫には手術のときも来て欲しくないと思っていた。なんとか来させないで済む手立てはないものか、これから思案をめぐらさねば、と。

三宝は三宝で、唯一この事実を知らない正樹にはいつ、誰が言うのかと顔を曇らせた。

「このまま、お兄さんに会わないで行っちゃうなんてことはないでしょうね？　明日にでも話して」

正樹はこの春大学を卒業していたが、就職に有利だからせめて修士の資格は取りたいと、大学院に進んでいた。

「そんな、急に、無理よ。予定もあるだろうし……」

「だったらいつ話すの？　日帰りすればいいんだから今夜にでも早速電話しておいて。お母さんがしないなら私がするわよ」

動揺して取り乱している三宝に電話をさせては駄目だ、という思いが、反射的に閃《ひらめ》いた。

「わかったわ。じゃ、明日来るように話しておく」

話がひけて、それぞれの寝所に別れる前に、志津は東京へ電話を入れた。正樹は執拗な性格ではないから根掘り葉掘り問いただすことはしなかったが、それでもさすがに尋常《じんじょう》ならざる気配を感じ取ったようだ。明日は友人と約束があったが、なんとかキャンセルして昼までにそちらへ行く、と答えた。

寝苦しい夜だった。

（なんて長い一日だったろう）

そんな感慨がまずこみ上げてきた。乳房が熱くほてっている。気にすまいと思っても意識の中に滑り込んでくる。

（夫を来させないなんて、所詮、無理なことか……）

闇に目が慣れて、木目《もくめ》が視界に広がった天井を見すえながら、そっとひとりごちた。

（三宝とも、タイミングをうまく計らなければ……）

今日一日の、佐倉との逢瀬《おうせ》に始まって、交わした言葉の一つ一つ、さまざまに変化した目の表情までが鮮明に蘇ってきた。

（少なくともあの人、三宝のことを今は不快に思っていない）

三宝の学業成績や、看護大学をいくつか受けてすべて合格したことを話した時、身を乗り出し、目を細めて聞き入っていた男の表情が浮かんだ。

「我が子ながらなかなか出来がいいの。やっぱりあなたの血を引いているのかしら？」

そこまで言いきっても佐倉の目は曇らなかった。

「僕の子だという証拠はないだろ？　君は僕に操《みさお》を立てていたわけじゃないんだから」

三宝を懐妊したことを告げた時、すかさずこう返した若い日の佐倉の険の立った顔つきまで蘇って、思わず笑みが漏れた。

「そうね。でも、あたしには確信がある。生まれてくれれば、いずれわかるわ」

志津の強い眼差しに二の句を封じられたように、あの時佐倉は目を怒らせたまま押し黙った。

佐倉が〝種〟に疑問を差し挟んだことで、胎《はら》の子は（女の子であって欲しい）と願った。第一に、佐倉に言わせれば、子供は往々にして異性の親に似るからであり、そうであれば、佐倉の目元、口元を女の子なら引き継ぐだろう。それと見れば否でも佐倉は自分の血をそこに認めざるを得ないだろう。

「君は恐ろしい女だ」

怒りの表情が次第に薄らぎ、目元が優しくなったと思った次の瞬間、佐倉は志津を見すえて吐き捨てるように言うと、息を呑み、口ごもった志津を尻目に、ツイと立って踵《きびす》を返した。それが、今日出会うまでの、佐倉との長い離別の始まりだった。

一方、妊娠を告げると夫は激しく動揺した。

「おかしい！　できるはずがないじゃないか！」

と、いきなり気色ばんだ。

「おかしくないわ。正樹の時だって、あなたは不思議がってたでしょ。女の生理は、すべて荻野式があてはまるとは限らないのよ。生理日以外はいつだって妊娠の可能性はあるんだから」

夫はなおも納得のいかない面持ちだったが、結局は言いくるめられた形になった。

二つ目の理由は、男親は娘の存在に慰められる、と折に触れ耳にしていたからである。そんなことが書かれてあったのを読んだ記憶もあった。「風と共に去りぬ」「哀愁」のヒロインを演じ、その私生活の生き様まで含めて志津が最も好きな女優のひとりであったヴィヴィアン・リーの言葉だった、と思い出すのにさほど時間はかからなかった。

激しい情熱に身を焦《こ》がし、互いの家庭を捨てて結ばれたふたりだったが、やがて、ヴィヴィアンが「うつ病」に陥ったのを機に、ふたりの仲は急速に冷えていった。いや、冷えていったのは夫のローレンス・オリヴィエのほうで、ヴィヴィアンはどこまでも彼を慕い求めた。

幾度か流産を繰り返した後、四十歳でまた懐妊したヴィヴィアンは、親しい友人にしみじみこう漏らしたという。

「もうあの人の心は取り戻せないかも知れない。でも、せめて今度こそ無事生まれてきて欲しい。そして、生まれてくる子は女の子であって欲しい。何故なら、男親は女の子に慰められるというし、ひょっとしたら私たちのかすがいになってくれるかも知れないから」

志津はその頃十五、六歳の多感な思春期にあったが、思い憧れるヴィヴィアン・リーのこの言葉に胸が痛み、どうかその願いが叶えられますようにと密かに祈った。

だがヴィヴィアンはまたしても流産し、そして間もなく、決定的な破局がふたりの間に訪れた。オリヴィエには既に若い愛人ができていた。志津はヴィヴィアンを想って泣き、オリヴィエの不実をなじった。が、それから十有余年を経て佐倉と出会い、彼との絆《きずな》を永遠のものにしたいと願った時、その心境はヴィヴィアン・リーのそれとそっくり同じものではなかったかと思い至って慄然《りつぜん》としたのである。

(やっぱり、娘でよかったんだわ)

乳癌と知らされてから佐倉を思い浮かべた時、三宝のことはまだ深刻に考えられなかった。しかし、手術を佐倉に頼もうと決意した時、そうなれば絶対に避けられないであろう娘と佐倉との対面ばかりが思いを占めた。

(でも、あの子に打ち明けるのはまだまだ先のこと。あの子があの人をどう感じるかわからないし、あの人だって三宝のことをどう思うか……）

幾度も思いめぐらしたことを反芻しながら、いつしか眠りに陥っていった。

翌日の日曜日、正樹は正午過ぎにやってきた。帰りは三宝も東京へ行き、そのまま新学期に備える段取りだった。夕食をともにしているゆとりはないから、昼食に贅を凝らした。

「どういうことなの？」

まだ何も聞いていないから、誕生祝いのような馳走《ちそう》に正樹は目を丸めた。

「三宝の巣立ちのお祝いよ」

「そうか。学校は明日からだったっけ？」

三宝は頷いたが、母親のようには明るく振るまえない。父親とともに、目の遣り場に困っている自分に苛立っているようだ。

「東京は誘惑が多いから、兄貴様としてはしっかり護衛してあげてよ」

「でもまあ看護学校は女ばかりの世界だし、寮生活なんだから、心配ないだろ」

「それが甘いって言うの。学校と寮の往復だけならいいけど、時には町中へも出るだろうし……」

「それをいちいち心配してた日にゃ、東京には住めないよ。だったら、地元にすればよかったんだよ」

「こんなことになるってわかってたら、東北大の看護学校も受けるべきだったわ」

「そうよね。彼が東北大だったものね」

「えっ、何？　彼……？」

正樹と父親が身を乗り出した。

「そういうことじゃないっ！」

不意に癇癪《かんしゃく》を起こしたように叫んだかと思うと、三宝の歪《ゆが》んだ顔が志津に振り向けられた。

「私のことなんかどうでもいいでしょ！　私は、お母さんの病気のことと、ここに残されるお父さんのことしか考えてないのにっ！」

口元がわななき震え、目に涙が溢れたところで、やにわに三宝は立ち上がって席を立ち、そのまま走り去った。

三人は茫然自失《ぼうぜんじしつ》の体で取り残された。

「お母さんの病気、って？」

正樹の顔が真剣になっていた。

手順を間違えたかな、と志津は反省した。正樹が来たところですぐに打ち明けるべきだったかと。

「お母さんな、乳癌で、手術を受けることになった」

それまで脇役に回っていた正男が、いざ出番だというようにようやく口を開いた。

「にゅうがん……!?」

異なことを聞くといった面持ちで正樹は鸚鵡《おうむ》返《がえ》しし、母親の胸元に目をやった。

「そうなの」

志津は、息子の視線を遮《さえぎ》るかのように胸に手をやって答えた。

「でも、命にかかわる手術じゃないから、心配ないのよ」

「手術は、どこで？」

正樹の顔はすっかりかげりを帯びている。

「それが、秋田まで行く、って言うんだよ」

正男が訴えるように言った。

「秋田へ？　何故またそんな所へ？」

当然の詰問《きつもん》であったが、ああまたゆうべのむし返しかと、志津はいささか辟易《へきえき》するものを覚えた。

別れ

日曜日の午後、佐倉は仙台駅を出た「盛岡行き」の新幹線にいた。

陸《ろく》すっぽ妻とは口をきかぬまま家を出てきた。列車に乗り込むまでムシャクシャしていたが、席に落ち着くと少し気分が鎮まってきた。

息子のことは考えたくなかったし、家にももう帰りたくないと思った。

(当分、尾坂に蟄居《ちっきょ》だ)

そうひとりごちた時、別の思惑が胸によぎった。

中条志津の手術を引き受けよう――そのことで、しばらく家の不祥事《ふしょうじ》は忘れたい、そんな打算が閃いた。

二十年振りに見る志津は、若い時の胸の隆まりがやや落ち、目尻に小皺が目立つくらいで、さほど老けた感じはなかった。昔ながらのえくぼもそのままだ。

　女性の年輪が最も顕著に出るのは首筋と手である。加齢と共に張りが無くなって七面鳥のような首になる。手の血管も弾力性が失《う》せて皮膚と共にしなびた感じになる。だが、志津の首筋は、若い時のような滑らかさは欠いていたが、皺らしい皺はほとんどなかった。透き通って見える手背の静脈も弾力性があって青々としている。

　今はやりのベージュ色ではなく、昔ながらの純白のスリップは、佐倉の好みを知っていてつけてきたものに相違ない。半裸体のそのスリップ姿、露になった二の腕や胸もとが視野に入った時、男としての官能の疼きが胸を騒がせなかった、と言ったら嘘になる。まして、スリップの紐が肩から落ち、ブラジャーも除かれた乳房、子供を二人産んでいるのにまるで処女のような小さなピンク色の乳首が目の前に飛び込んだ時、かつての情交の折のように、その乳首を口に含みたい衝動を覚えた。診察はきちんとする、だが、その後の行動には自信が持てなくなっていた。無論、相手が拒めばどう仕様もないが、ホテルで診察をと求めて来た限り、それなりの覚悟は秘めてのことに相違ないのだ。

　だが、いざ診察にかかって、右の乳房に覚えのある強《したた》かなしこりに触れた瞬間、我に返った。日頃の外来診療で患者を診ている自分、つまり、医者に戻ったのだ。そして、志津は、官能を刺激する蠱惑的《こわくてき》な女ではなく、非業の宿痾《しゅくあ》を負った哀れな患者に変わったのである。

　別れてから今日まで唯《ただ》の一度も会ったことはないし、手紙をやり取りすることもなかったが、志津を忘れていたわけではない。新たに勤めた病院で気転の利かない看護婦に苛立つ度《たび》に志津を思い出し、ナースとしての抜群のセンスと器量を懐かしんだ。手術前には一連の検査データを揃えて差し出してくれたし、オーダーに抜けがあるのもよく見つけ、××の検査、しておかなくていいですか、他に何かしておくことはないですか、と問いただした。検査値の正常値はほとんど頭に入っていたし、心電図も読めた。下手な医者より余程よく出来ると感心させられた。

　行動も機敏だった。入院患者の急変を知らされると、真っ先に飛び出し、疾風《はやて》の如く病室に駆けた。そうして、病人がどういう状況にあるかの把握も素早かった。

「心房細動《AF》を起こしてるようです。取《と》り敢《あ》えずラインを確保しておきますので至急お願いします」

　当直の夜、こんなふうにコールを受けたこともある。駆けつけた時にはしっかりエラスタ針が静脈に刺入されて点滴が施され、心電図がモニターされていた。

異性としての魅力に加え、プロのナースとしての確たる使命感、卓越したセンスと知見に佐倉は惚れた。志津が自分に好意を寄せてくれていることもそれとなく感じられた。だが、既に夫も子供もあり、地元の人間でもある彼女が自分の求愛にこたえてくれることはまず九分九厘あり得ないだろうと思われた。

三十路《みそじ》にかかろうとする息子を案じて、親もとからは見合いの話が舞い込んだ。母親はある時、昔の教員時代の仲間の娘で、自らも小学校の教員であるという女性の釣《つり》書《がき》と写真を手に息子を訪ねてきた。

佐倉は母親を病院へ案内し、志津に引き合わせた。そして、別れ際、自分が結婚したいと思っているのは彼女であると告白した。

「あんたが惹かれるのも無理がないお人だけど、人妻ではどう仕様もなかろう。きちんとご主人と別れて来るというならまだしも、それにしても、別れてすぐというんじゃお父さんは許されんと思うよ。少なくとも一年や二年冷却期間を置かなきゃね。でも、そんな日を待っていたら、あんたはいい加減年を取ってしまうじゃないか」

佐倉は率直にこの話を志津に伝えた。

「そこまで言ってくださったなら、あたしも真剣に考えます。でも、子供を置いてはいけないと思うの」

涙に目をにじませながら志津は言った。

半年後、上司との確執、ままならぬ恋路の相克に疲れ果て、佐倉は名取を去ることを決意した。答はほとんど分かっていたが、すべてを捨てて一緒に来てくれと志津に迫った。

一か月待って——と志津が答えた時、佐倉は一縷《いちる》の望みをつないだ。端から考えられないことなら、一日待って、で済んだだろう。一か月も猶予を求めるのは、その間じっくりと考え、それなりの段取りもしようとの思惑故《ゆえ》ではないか。

だが、一か月後、志津の答は佐倉を打ちのめした。一緒には行けない、でも、自分はあなたの子供を身ごもった、そう確信している、やがて生まれ出るその子をよすがに自分は生きていく……。

「あなたについて行けないと心を定めた時、せめてもあなたとの絆が欲しいと思ったの。後にも先にも、こんなに人を愛したこと、愛することはもうないでしょうから」

振り上げた手を、佐倉は力無く膝に落とした。

「まだ、はっきり妊娠と決まったわけじゃないだろう？」

月のものが一週間遅れている、これまで狂ったことはないから間違いない、という志津の言葉を佐倉はあげつらった。志津は涙のたまった目で首を横に振った。

二週間後、佐倉は最後の当直業務に就いた。四月も下旬だというのに、朝から雪が降って一面の銀世界となっていた。

志津が深夜勤となっていることは知っていたが、こんな雪の中を出て来られるのか不安だった。準夜勤のナースたちとしばらく談笑してから医局に引き返した。しかし、自分の机の上はすっかり片付いて暇つぶしに読む本もない。テレビをつけ、見るともなく見ているうちにうとうとと眠ってしまった。

目覚めて時計を見ると、午前零時を回っている。無事に来られたなら、志津はもう病院に着いているはずだ。

ナースセンターへ確認に行く勇気はなかった。一階に降り、職員通用門に向かった。そこには職員用の下駄箱が並んでいる。

志津のボックスを探った。これまでも何度かのぞいたことがあるから場所はわきまえている。もしそこにナースシューズが残っていたら、志津はまだ来ていないことになる。準夜勤者からの申し送りを受ける時間は疾うに過ぎている。

上背に似ず小さなシューズは見る度にいとおしいものだったが、その夜、ボックスにナースシューズはなかった。代わりに長目のレインシューズが濡れたまま収まっている。安堵は束の間で、当直室に入ってベッドに横になるや、心臓が激しく高鳴り始め、胸苦しさを覚えた。

ものの一時間もその苦悶《くもん》に耐えたが、そこで限界だった。枕もとの電話に手が伸びた。

深夜勤は二人勤務だから、受話器を取るのは志津か相棒のナースだ。不幸にして後者であれば志津に取次いでもらうことになる。だが、受話器を取り上げたのは志津だった。相棒は入院患者のコールで病室へ出ている、自分もコールを受けて病室から戻ってきたばかりだという。

佐倉は一気に口走った。

「最後にもう一度だけ聞いてくれ。僕には君が必要だ。一人の女としてだけじゃない、同じ医療観、使命感を持ったパートナーとしての君を求めてるんだ。東京で、二人で、新しい人生を始めたい。お腹の子が僕の子だという確信があるなら、その子だけを連れて、来てくれないか」

しんとして答はない。だが、受話器は下りてない。受話器を握ったまま息をひそめているのだ。かすかな手応えを覚えながら、しかし、愚図愚図していたら同僚が戻って来かねない。弾みに志津は電話を切ってしまうだろう。

「一晩待つ。一晩考えてくれ。もし、万が一、考え直してくれたなら、明日、勤務明けに宿舎へ寄って欲しい。明日一日で荷造りを終えて、あさってには東京へ発《た》つから」

息遣い一つ伝わらない受話器の向こうに、突如一つの騒音が聞こえた。病室からのナースコール音だ。焦りが絶頂に達した。コール音がいまわしい。

「志津さん、聞いてくれてるか？」

佐倉はカラカラに乾いた喉の奥から声を振り絞った。

「聞いてるわ」

死ぬほど聞きたい声がようやく届いた。

「よく、考えてみます。じゃ、ナースコールがかかってるから」

志津の声が耳もとに低く小さく囁《ささや》かれ、受話器が下りた。

まんじりともせぬ一夜が明けた。明け方、外来の急患に起こされた。内科病棟のナースからもコールがかかった。

へとへとに疲れ果て、しかし、頭ばかりは冴《さ》えたまま宿舎へ戻った。春の陽が、積もった雪を融《と》かし始めていた。

一時間が、恐ろしく長い時間に感じられた。志津がもし宿舎に立ち寄ってくれるなら、日勤者への申し送りを終えるのがどんなに遅くても十時を過ぎることはないから、病院から歩いて五分の宿舎に十時には現れるはずだった。

だが、十時を過ぎ、絶望的にさらに半時、そして一時間が過ぎても、志津は姿を見せなかった。せめて電話くらい寄越すだろうと思ったが、それもなかった。

佐倉は衝動的に家を飛び出し病院に向かった。職員通用門から入って下駄箱を探り、志津のボックスを開いた。幾度も見惚れたナースシューズがきちんと揃えて置かれてある。絶望感に打ちのめされ、よろめくように宿舎へとって返した。

翌日、佐倉は八時過ぎに目覚めた。運送屋が十時に来ることになっており、アラームは八時半にセットしてあった。目覚めたのは、枕もとで電話が鳴ったからである。

「あたしです」

耳を疑ったが、紛れもない志津の声だった。

「ゆうべ遅く、ポストに手紙を入れておきました」

「何故、顔を出してくれなかったんだ？」

「それは……手紙を読んでくだされば、分かります」

返す言葉に詰まった。

「お別れだね」

ものの一分もたってから、佐倉はようやく言葉を絞り出した。

「悲しいわ。でも……」

涙声が語尾を引いた。

「でも、嬉しかった……」

また涙声になって語尾がかすれた。

旅　路

一週間があわただしく過ぎた。

家族会議でいわばゴリ押しの形で秋田行きを承認させると、翌日志津は看護部長の北田《きただ》に休職を申し出た。

「ここでは、だめなの？」

一部始終を聞き終えると、一息ついた形で北田はこう言った。

「藤木《ふじき》先生だって、乳房《マンマ》はやられるでしょ？」

北田は五十代の半ばだが、ロシアの初老の婦人のように太ってズングリムックリの体型は、横に立つと中肉中背の志津がスリムに見えるほどだった。独身で、まさに看護一筋に生きてきたが、反面、人情の機微に通じない人と、部下の評価は芳《かんば》しくない。志津自身、この上司には何となく親しみが湧かないでいる。いや、虫が好かない、と言ったほうが当たっている。それどころか、

「中条は自分を器量《きりよう》よしだと鼻にかけている」

「色仕掛けで医者に媚《こ》びを売っている」

など、聞き捨てならない風聞《ふうぶん》の火種をつけたのがどうやら看護部長らしいと聞き知った時はひどくショックを受けた。

今回も、一見それと装いながら、人の不幸に心底同情を寄せていないことが読み取れた。

「乳癌の手術を——」

と告げた時、北田の顔が一瞬ほくそ笑んだようにさえ思えたのだ。

「ええっ、そうなの⁉」

驚きぶりは堂に入っているが、目はうすら笑いしている。

(私が女のチャームポイントの一つを失うことは、この人にとって小気味いいことなんだろう)

「あの人は片方のオッパイがないのよ」

自分のいないところで、勝ち誇ったように吹聴《ふいちょう》して回っている北田の顔が浮かんだ。

悔しい。だが、どう仕様もない。他に休職の口実をあれこれ思いめぐらしていたが、下手に隠せば「神経の病気じゃないの」「ノイローゼらしいわよ」など、あらぬ風聞をたてられかねないし、もとより、親身になって相談に乗ってくれそうもない。とにかく、物事を事務的に処理して足れりとする部長に下手な工作を弄《ろう》すれば、

「中条は上司に嘘をついた」

「贋《にせ》の休職願を出した」

などと、それこそまた陰でどう言いふらされるか知れない。

自分が希望する手術方法がある、それをやってくれるところへ行く、と志津は答えた。

どんな手術で、どこでやってくれるのかと問いただされたが、それには答えなかった。

「まやかしじゃないの？　よく調べてみた？」

親切心を匂わせてこう畳みかけるのへ、

（どうぞお気遣いなく）

と胸の中に吐いて、微笑だけ返した。

休職期間は、とりあえず週末から向こう一か月で出した。

「放射線をかけるとなると二か月はかかるぞ」

佐倉の言葉が脳裏をよぎったが、それはまたその時と割り切った。

「病気のこと、部長さんにしかお話ししてありませんので、オフレコにお願いします」

去り際にこう釘をさしたが、北田は一瞬絶句してから、

「ああ、そうね」

と曖昧《あいまい》に呟いて志津の視線を避けた。

廊下に出た途端、気が滅《め》入《い》った。

(所詮、病気は敗北なんだわ。人生の落伍者……)

すれ違いざま、会釈と共に軽やかに裾を翻《ひるがえ》していく同僚たちの闊達《かったつ》な足取りが眩しかった。

「まさか、見納めじゃあるまいけど……」

そうひとりごちながら、目に入る人も景色も、はるか遠い昔に見た映画の一コマ一コマのように、摑みどころなく脳裏をよぎり、掠め去る。

佐倉は、週明けの月曜に来ればいい、そうすれば金曜に手術できる、と電話の向こうで答えてくれたが、それではあまりにゆとりがなさ過ぎるように思えた。土曜では駄目か、せめて日曜を挟んでゆっくりしたい旨を伝えると、こちらは構わない、それならそれでいいよ、と答えた。

入れ代わるように三宝から電話がきた。セント・ヨハネ病院でも無論乳癌の手術はしているが、お母さんの言うその佐倉先生のように、オッパイを同時に作るような手術はしていない、見たことがないし、聞いたこともない、アメリカあたりでは手術の後、大分たってからシリコンを埋め込む手術をしているとは噂に聞いているけれど――と、これが当たれる限り当たって得られた情報で、お母さんがどうしてもそちらの手術を受けたいと言うなら仕方がない、もう好きなようにしていい、と言った。

(ありがとう、三宝。オッパイも大事だけど、それよりもっと大切なもの、そう、あなたのためにもあたしは秋田へ行くのよ)

受話器を置いてから、志津はこんな独白《どくはく》を胸の底に落とした。

旅立ちの日は瞬く間に訪れた。まるで海外旅行に出かけるかのように大きなトランクに荷を詰め込んだので、見かねた夫が仙台駅まで車を駆ってくれた。

新幹線のグリーン席に腰を落ち着けると、そぞろ旅に出るのだという思いが胸に迫ってきた。入院はほぼ三週間と聞いたが、これほど長く家から離れるのは初めてである。しかも、単独での長旅はおよそ経験がない。

(こんなふうに、一度でいいからあの人と旅をしたかった……)

仙台を出てややもすると佐倉の顔が浮かんだ。旅に誘われたこともあるが、子供が小さいから一緒でないと無理、と志津が条件をつけたことでいつもお流れになった。

佐倉の宿舎か車の中で人目を忍んで束の間逢うだけに終始した二年余の歳月が断片

的に思い起こされてきた。

(私が想うほどに、この人はあたしのことを想ってくれてはいない)

官能のどよめきが過ぎ去って、相手の動きが静まった時、嗚りをひそめたその背と腰に手を這《は》わせながら、志津は幾度かそう感じ取った。

(でもあたしがこの人に惚れたのは、男としてよりも医者としてのアイデンティティの確かさだから)

男のようには一気に醒めやらぬ官能の疼きに瞑目《めいもく》して耐えながら、志津はそのつど胸の中でこう囁いた。

若き日の佐倉は、平日は夜遅くまで病院におり、日曜や祝日も回診に出てきた。自分が執刀した患者は、術後数日間は朝と夕、必ず二度は診にきた。その度に何かと指示を出していくので、佐倉先生が来ると仕事がふえるとこぼすナースもいたが、そんなことを言ってはいけない、あれが本当のお医者の姿勢よ、と志津は部下をたしなめた。それかあらぬか、いつしか志津と佐倉の仲が何やかやと取り沙汰されるようになった。そんな噂を満ざらでもなく受け止めている自分に気付いた。

佐倉は、いわゆる男の適齢期にかかった独身者で、風姿にも人を惹きつけるものがあったから、若いナースたちにとっては心穏やかならぬ存在であった。しきりにモーションをかけていると、傍目《はため》に読み取れるナースもいた。佐倉は適当にあしらっているように見えたが、そのさり気ないやり取りさえ妬《ねた》ましく感じ始めている。彼女たちは自由だが自分は束縛されている。無論、夫と子供、そして両親に。夫が養子であり、自分はその連れ合いであることをハンデキャップと疎《うと》み始めていることに慄然として己が胸を打ちすえた。

（ああ、あたしは底知れずこの男《ひと》に惚れ込んでしまっている）

夜勤は月に八回から十回あった。午後四時半から午前零時半までの準夜勤とそれ以降の深夜勤務が半々だったが、その夜勤と佐倉の当直が重なる時こそ、志津にとって至福の時間となった。入院患者が急変し、急遽《きゅうきょ》蘇生術を試みる時など、佐倉と自分は一心同体と感じた。時にその懸命な努力は水泡に帰し、時にしてやったりとの手応えに酔い痴《し》れたが、その口惜《くちお》しさ、敗北感、また歓喜を、今自分はこの確かなアイデンティティを持った医者と共有しているのだという充実感は、家庭では決して味わうことのできないものだった。

佐倉が当直で、自分は深夜勤務の時、半昏睡状態で運ばれてきた三十代の男性がいた。理髪店を開いたばかりだという。幼い子供を伴った妻が悲愴な面持ちで付き添ってきていた。半日の間に患者は昏睡状態に陥った。二週間前、妻の話によれば、客の髭を剃った剃刀《かみそり》でウッカリ指を切ったという。B型肝炎ウイルスが、剃刀についたその血液から指の傷口に入って劇症肝炎《げきしょうかんえん》をひき起こしたのだ。

佐倉は内科部長に相談をもちかけた。「血漿《けっしょう》交換しかないだろう」と部長は言った。FFP四〇パックのオーダー、クロスマッチ（血液型の適合を調べる検査）のための検査技師の呼び出し、手袋をつけ、細心の注意を払っての採血等、病棟はてんてこ舞いの状況となった。患者は内科のICUに収容されたが、手が足らないから手伝ってくれないかと佐倉に言われて志津は駆けつけた。

血漿交換が始まったのは深夜に及んでからだった。志津は途中抜けて外科病棟に戻り検温に回ったが、すぐに戻ってまた内科病棟に馳せた。深夜勤務者への申し送りにまた一旦外科病棟に戻ったが、それを終えると内科病棟に飛んで行った。内科部長は、「後はもう運を天に任せるしかない」と家人に言い残し、指示だけ与えて後を佐倉に託し帰って行った。

佐倉は徹夜でICUに付いた。志津は既にオフデューティーとなっていたが、帰る気はしなかった。頻繁なＦＦＰの交換、採血、ヴァイタルチェックにいそしんだ。いつしか夜が明けたのも気付かぬままに。

患者は結局助からなかった。若い妻や両親は涙にくれたが、佐倉と志津の懸命の努力には感謝の言葉を残して行った。だが、志津の厚意は相応の代価を得なかった。本来義務でもない他科のＩＣＵの患者を付きっきりで看取《みと》ったのは、佐倉が当直だったからだ、と噂された。

一年が、夢の間に過ぎた。佐倉周平に傾いていく気持を夫への背信と強く意識し始めたのは、佐倉が来て二年目に入った、ある日を期してだった。

その日は、夕刻から雨が強く降り出した。日勤が長引いて、職員駐車場に置いた車に傘を持たぬまま小走りに駆けつけた時、向こうから傘をさして歩いてくる私服姿の佐倉が目に入った。いつも夜遅くまで医局にいる人が珍しいわ、と思いながら胸が高鳴った。

佐倉のほうも志津に気付いて、小走りに寄ると傘をさしかけた。

「あっ、ありがとう。どこかへ、お出かけ？」

「ちょっと買い出しに。週に一度は買いだめをしとかないと……」

「そんなこと、あたしに言ってくださったらいつでも買ってきてあげますのに」

いつしか相合傘で車のほうへ歩み出しながら二人は会話を始めていた。

「ありがたいけど、たまの買い物は息抜きになっていいんだよ」

「そうかなあ。店先で独身の男性がゴソゴソ食料品をあさっている姿はあまり様にならないわ。もっとも、若いナースたちはたまらなく母性本能をくすぐられるでしょうけどね」

「あはは」

「笑ってごまかす。ひょっとして、そんな魂胆《こんたん》もなきにしもあらずね？」

「おいおい、それは穿《うが》ち過ぎだよ」

人目を遮る傘の中で、いくらか大胆になっていた。悪戯っぽく流し目をくれた時、目の前に車が迫っていた。

キーを差し入れてドアをあける志津に雨がかからぬよう、佐倉は律儀に傘をさし続けた。

「じゃあ」

志津が運転席に腰を落としたところで、佐倉は背を屈めて踵を返しかけた。志津は無言で上体を伸ばして助手席の取っ手を回した。

「乗って。買い物、お付き合いするわ」

佐倉は一瞬躊躇《ちゅうちょ》の素振りを見せたが、すぐにニッと笑った。

「じゃ、お言葉に甘えて」

安堵と裏腹に、志津はある種の胸騒ぎも覚えた。

買い物を済ませると、外は叩きつけるような雨になっていた。

「これじゃ、傘も役に立たないわね。宿舎までお送りするわ」

無論佐倉は厭と言わなかった。

「でも、宿舎まではアッという間ね。少し道草しましょうか？」

車が滑り出したところで、志津はさりげなくこう言った。

「ああ……」

真っ直ぐフロントガラスに目を据えていても、隣の人間の反応は読み取れる。一瞬の戸惑い、逡巡《しゅんじゅん》——こちらの顔色を窺うようにチラと注がれた目の動きだけでもそれらは読み取れた。

「そうだな。雨のドライブも乙なものだよね」

志津はほくそ笑んだ。

どこと言ってこれというアテはない。ただひたすら車を走らせ、佐倉の息吹を横に感じるだけでいい。だが、ものの十分もすると、そうした淡白な思いは、いつしか、息苦しく、切ないまでの胸の疼きにとって代わられた。

視野が開け、空き地が目の前に広がった。いくつもの水たまりができ、突きささるような雨脚がさらにその嵩《かさ》を増している。

水しぶきをあげて空き地に車を乗り入れた志津を、佐倉は初めて訝るように見た。

「どうするの？」

「ワイパーが役に立たないわ。少し小止《こや》みになるのを待ちましょう」

確かに視野は悪かった。軽自動車のワイパーでは、フロントガラスを流れるような雨をはね返しきれない。

倉庫のような建物を背に、志津は車を止めた。

「大丈夫かな？　ぬかるんで出られなくなるんじゃないかな？」

水たまり同士がつながって泥状の地肌を次々に消していく。その様を見越して、いくらか不安げに佐倉が吐いた。

「あたしはこのまま、ここに、先生とふたりで閉じ込められてもいいわ」

エンジンを止め、キーから手を放すと、志津はシートを傾け、それに背を委ねながら、下から見上げるように言った。

佐倉が半身になって志津を見すえた。篠突《しのつ》く雨音が不意に激しさを増した。軽くリクライニングにしたシートにもたれたまま、覆いかぶさってくるような相手の視線を、志津は悪びれずえくぼで受けとめた。

佐倉が半身の姿勢を強め、腕を伸ばした。その左手が志津の右肩にかかり、力がこもった。志津はその肘《ひじ》を押さえた。

「駄目よ……」

ほとんど聞き取れないほどの声だった。相手の動きを抑えたはずの手にも、抗うほどの力はこもっていない。

佐倉の手が二の腕にずれた。痛いほどの激しい力を感じた時、目の前に男の顔が迫っていた。

志津は顔をそむけた。佐倉の手が、二の腕から今度はこめかみにかかった。有無を言わさぬ力で顔が正面に戻された。

「いけないわ、先生……」

男の右手に反対側の頭からこめかみまで捉えられてがんじ絡めにされながら、志津は最後のはかない抵抗を試みた。男の目の奥を必死にまさぐりながら。

唇を塞がれ、舌が遠慮がちに、しかし、確かな目的を持って歯をこじあけてきた時、志津は一瞬戦慄《せんりつ》を覚え、そして、抵抗を終えた。

列車は盛岡に近付いていた。その旨を告げるアナウンスに、遠く長い追憶から我に返った。

(罪の刈り取り……天罰……緋文字《ひもじ》……)

現実に返ると、どこかへ葬り去っていた認識が俄《にわか》に蘇ってきた。胸苦しさに突き上げられるように、大きく一つ二つ息をついた。

(思い出は思い出。もういい加減、未来を見すえなければ……)

盛岡の駅に降りたことはない。学生時代クラスメートと北海道へ旅行した時、窓越しに見た記憶しかない。垢抜《あかぬ》けしない鄙《ひな》びた駅頭のたたずまいが記憶のどこかにあったが、二十有余年の歳月は、この駅の風情にも様変わりをもたらしたようだ。

（そうだわ。あの頃はまだ新幹線などなかったんだもの）

想像以上に明るく洒脱《しゃだつ》な構内のたたずまいに瞠目しながら、志津は昔の幻影を一つふっきった。

尾坂に自分を運んでくれるはずのバスの発車時刻は十分後に迫っていた。

バスは駅の真向かいのパチンコ屋の前から出ていると聞いて足を急がせた。

乗客は驚くほどまばらだった。それと見て取るや、不意に志津の胸に寂寥感《せきりょうかん》が広がった。果てしなく遠く、見知らぬ世界へ引き込まれて行くような、底知れぬ孤独感だった。

配　慮

バスは悠然と走り続けた。

遠くに見晴《みは》るかす奥羽山脈の峰々はその頂にまだ雪を置いていたが、窓に移ろいゆく景色は、この北の地にも確実に春が訪れつつあることを告げている。

昨夜の眠りが浅かったせいか、シートをリクライニングにすると、そぞろ睡魔が襲ってきた。まどろむように眠りに落ちた。

随分長く眠ったように思ったが、実際はほんの半時ほどだった。何か夢を見ていたような気がしたが、思い出せない。夢のせいか、目覚めた瞬間、見当識を失った。

（いっそ、狂ってしまったほうがどんなに楽か知れない……）

不埒《ふらち》な思いがよぎって我ながらぞっとした。逃れようもない現実が重石《おもし》のように胸につかえているのを意識した。

（四段階のⅢ、十年生存率三十〜四十パーセント、五年生存率は五十パーセントそこそこ）

容赦のない佐倉の言葉がまたしても蘇った。

（五年後に、自分がこの地球上にいない確率は半分あるんだわ）

だが、〝死〟という概念を思いつめようとしても、なぜか茫漠《ぼうばく》として捉えどころがない。

外来勤務に移ったため、ここ数年は患者の死に直面していない。病棟勤務であった頃遭遇した何人もの患者の臨終の様を思い起こそうとしたが、これまた咄嗟には浮かんでこない。消化器系の末期癌から死への転帰をたどった人たちがほとんどで、乳癌

いだった)

(腰骨に転移して、最後は動けなくなった人がいたっけ。そう、今の私と同じ年くらいで逝《い》った患者を思い出すのは骨が折れた。

顔はおぼろげに浮かんできたが名前は思い出せない。太った女性で、外見はおよそ癌の末期という感じはなかったが、腰椎《ようつい》を冒《おか》した癌が脊髄《せきずい》にまで浸潤して下半身の麻《ま》痺《ひ》をもたらし、遂に寝たきりとなった。散々リハビリを試みたが駄目で、大きな床ずれが膿《のう》を孕《はら》み、そこが感染源となったか、間もなく敗血症を併発して不帰の人となった。動けなくなってから、それでも一年は生き長らえたと記憶している。

(胃や腸の癌よりはまし……か?)

最後は骨と皮ばかりに痩《や》せ衰えて死を迎えた消化器系の末期癌患者を幾人《いくたり》か思い出しながら嘯《うそぶ》いた。

乗客の多くは、つい今しがたまでの志津と同じように眠りこけている。

年配者が多かった。自分より十歳は年長に見える乗客を羨《うらや》んだ。

(せめてあの人の年くらいまでは生きたいな。少なくとも、親より早くは死ねないわ)

七十代の父母の顔が浮かんだ。二人にとって自分は唯一の子供だった――改めてそう思い返した時、五年は絶対に生きなければと思った。

(五年あれば、なんとかなる)

父母は八十を過ぎるからそろそろお迎えが来るだろう。正樹は結婚しているだろう。そして三宝は、看護大学を卒業して社会に飛び立っているだろうから、ひとまず自分の役目は終わる……。

(でも、三宝の花嫁姿までは無理かな。卒業して五、六年は白衣の天使として頑張って欲しいものね)

娘に呼びかけるように口ずさんだ時、思わず胸に込み上げるものを覚えた。

車が脇にそれた。盛岡を出て一時間余が経過している。

「花輪《はなわ》インターです。五分間休憩します」

運転手がマイクで告げた。

眠っていた乗客が何人か身を起こした。志津もあわててリクライニングを戻し、席を立った。このインターに着いたら総務の田村《たむら》という者に電話を入れるよう佐倉から指示を受けていたからである。

「花輪」で電話をかけてくれれば次の尾坂インターへ迎えに行かせる、という佐倉の言葉に、一介の患者ごときにそこまで気を遣ってもらっては気が引けるからインターでタクシーが拾えるなら勝手に行きます、と返したが、タクシーは呼ばなければ来ない。遠来の客はそう滅多にないことだし、病院から尾坂インターまでは精々二、三キロだから迎えに行くのは雑作もないこと、と佐倉はこともなげに言った。

携帯電話を取り出した時、新たな緊張がみなぎった。あり得ないこととわかっていても、いきなり佐倉の声が耳を衝いたらと身構えたが、コール音を断ったのは若い女の声だった。田村を待つ間も、受話器の向こうから伝わるざわめきのような人声の中に佐倉のそれをまさぐっていた。

「お待だせすました、田村だす」

いくらかハスキーだが、男にしてはトーンの高い声が耳を打った。

「あ……中条です。今、花輪インターに着きました」

「遠いどごろをどんも。じゃ、すぐに尾坂のインターさお迎えにあがりますがら」

淀みのない晴れやかな声に緊張が和らいだ。

佐倉の気配りが感じられた。佐倉はいるのかどうか、その所在を確かめたい衝動に駆られたが、辛うじて思い留まった。

人の声を聞いたことで、したたかな現実に引き戻された。まどろみから覚めた直後の浮遊した遠い感覚が嘘であったかのように。自分は癌に冒された病人で、これからしかるべき治療を受けに行くのだという、家を出る時の強い自覚が蘇った。

バスはほんの十分ほどで尾坂のインターに入った。

ブルーのワンボックスカーがとまっており、傍らに小太りでふくぶくしい顔をした壮年の男が立っている。

(田村さん……?)

その人に違いないと思った。丸い柔和《にゅうわ》な目がバスの動きを追っている。やがてそれが志津を捉えた。視線が合った、と思ったところで会釈した。

尾坂で降りるのは志津だけだった。

男が近付いた。丸く背を屈めて慇懃に会釈しながら、

「どんも……田村だす」

と言った。ふくぶくしい顔は、肌にも艶があった。

「中条です。お世話かけます」

相手の人柄のせいか、肩が凝らず、自《おのず》ら頬がゆるんだ。

自分よりは無論若い、四十前後かなという感じだったが、顔よりも、腹のかなり出た体型が年齢を感じさせた。しかし、その動きは重たげな体に似ず機敏で志津のスーツケースを車に入れる動きなどは、テキパキと要領を得ている。志津は労せずしていつの間にか車の後部席におさまっていた。

「目の前が尾坂高校だす。病院まではここから約二キロ、車で五分とかがりません」

シートベルトをいくらか窮屈そうに丸い胴へ回しながら田村は言った。

「そう伺っていたので、荷物さえなければ歩いてみたかったんですけど……」

「こちらは、初めてだすか？」

車が発進したところで、バックミラーに目を遣って田村が問いかけた。

「ええ、初めてです」

志津はフロントガラスを見すえて答えた。田村の、ウェーブのかかった柔らかそうな髪とつるつるした顔の半分が目に入った。

「副院長も外科医冥利《みょうり》に尽きますね。仙台くんだりがらこんたら田舎にまんでおじゃってくださるんだすもね」

「私のように、遠くからおいでになる患者さんは、いません？　佐倉先生は、名医でしょ？」

「手術は速ぐでおん上手だとこの界隈ではもっぱらの評判ですが……でも、さすがに仙台方面がらこちらへおいでになる方は……」

「そうでしょうね。私も、ある偶然がなかったらお伺いすることはなかったかも知れませんから」

田村はまたチラッとバックミラーをのぞいた。

「でも、中条さんは、副院長とは古ぐがらのお知り合いなんだすよね？」

「ええ……その昔、勤め先がご一緒だったことが……」

口走ってから、蛇足《だそく》だったかと反省した。そのへんのいきさつは、佐倉が充分に気を許しているらしいこの部下にもう話してあるようだ。

（それにしても、彼は今病院にいるだろうか？）

土曜は半日のはずだ。既に午後二時を回っているから、仕事はひけているだろう。

昼食を済ませれば病院に残っている理由はない。事実、土曜は到着が午後になってもいいかしらと尋ねた時、構わないが、その時間だと自分は出迎えられないかも知れないよ、総務の田村に迎えに行かせるし、万事手はずは整えておくから、との返事だった。

週末だから塩釜の家にお帰りになるのでしょうと尋ねると、いや、それはしない、当分帰らないからそれはいいんだが、ま、野暮《やぼ》用がいろいろあってね、と軽くいなされた。

（ひょっとして、いい女《ひと》がいるのかも……）

単身赴任の不自由さは衣食住のみではないはずだ。まだ五十に届かない男のリビドーが枯渇する年齢ではない。月に一度くらいしか妻のもとに帰らないで、果たしてリビドーが満たされているのだろうか。

もっとも、若い日の佐倉には、年に似ずどこかストイックなところがあった。それを時にもの足りなく思い、（この人は醒めている。本当にはあたしを愛してくれていないのでは？）と疑わせた。

尾坂ではてっきり家族と一緒に住んでいると思ったのが、単身赴任と知ってなぜとすぐに疑問が口を衝いた。が、一方で、佐倉にはなんとなくそのほうが似合っているような気もした。家族と一緒であろうとなかろうと佐倉を頼ろうという思いに変わりはなかったが、単身でいると知ってかえってその思いが増したことは否めない。

　腰かけのつもりではなさそうなのに、なぜ家族を呼ばないのかと志津は突っ込んだ。塩釜の家は一戸建てを少々無理してきついローンで買ったからね、と、これは至極もっともらしい答が返ってきた。

「奥さんは、それでなんとも言わないの？」

「ああ、別に……」

と佐倉は言葉を濁し、この話題を忌避《きひ》する素振りを見せた。


「あれだす」

唐突な田村の声に、ハッと我に返った。

「あの赤い屋根瓦の？」

フロントガラスに突き立てた田村の指の先に目を凝らした。

「木造、二階建て、なんですね？」

「古めがしいでしょ？」

「いいえ、とても素敵で新鮮です。四角い鉄筋の建物ばかりを見飽きてますから」

社交辞令ではなく、素直な感想だった。

建物は横にも縦にも延びていて、相当な敷地にまたがっている。天地の狭間《はざま》のその広がりは、志津の胸にも広がりをもたらした。

（落ち着けそうだわ）

思わずひとりごちた。

玄関から、制服の若い女が飛び出してきた。と、見る間に、髪と眉の濃い、しかし、目が澄んでいかにも実直そうな五十がらみの事務員ふうの男も出てきて、二人で車を迎える形になった。

「事務長と、医事課の職員だす」

玄関を正面視したところで田村が言った。緊張が解けたのか、急に東北弁になっている。

「皆さん、土曜日なのに……」

「病院が居心地よぐって、家には帰りたがらんのですよ。ことに、ひとりもんは」

「えっ？　まさか、事務長さんは……？」

「男やもめだしい。去年の暮れ、奥さんを脳卒中で亡くしたんす」

「脳卒中！　あの方の奥さんなら、まだそんなにお年は……」

「四十台半ばだっただす、クモ膜下出血とか。脳卒中の中でも比較的若い人にもよーぐ出るもんだそうで……」

「動脈瘤《りゅう》が破れる病気ですね」

「そうそう。そんで、大学病院まで運んで緊急手術をしたばって、意識が戻らなくて、わずか一週間足らずで逝ってしまっただすよ……」

車が玄関に横付けになった。親子のような二人が申し合わせたように車に駆け寄った。

田村がドアの内側のレバーを押した。

トランクがあき、田村が外に出るより早く、事務長と女子職員がスーツケースを抱え出した。

ドアのノブを引いた田村にエスコートされるように、志津は車を出て大地を踏みしめた。

「よーぐ、遠ぐさ、来てくれました。事務長の八木沼《やぎぬま》だす」

「医事課の大里《おおさと》だす」

二人が慇懃に挨拶するのへ、志津はいくらか恐縮の体で礼を返した。

看護婦が馳せてきた。北の地の女性に特有の、きめ細かな白い肌をしている。いくらか太り肉《じし》の体型だが、中年女性の落ち着きを感じさせた。

同年配の志津が対照的にスリムなのに驚いたのか、あるいは病人風情に見えないことに意外の感を持ったのか、「石川《いしかわ》」と名乗ったこの婦長は志津を見て一瞬目を瞬いた。

まるでホテルにチェックインした時のように、八木沼と石川に先導されて二階の病室に向かいながら、志津はそれとなくあたりを見回した。流れるような一連の配慮は紛れもなく佐倉の周到な指示によるものと思われたが、本人の姿がいっかな見えないことに少しばかり苛立っていた。

階段を上がり、入ってきた玄関に面した病室に落ち着くと、ひと通りのオリエンテーションを終えたところで、

「副院長も、間もなく来るど思いますから」

と、石川が言った。

「あっ、はい……」

こちらの心を見透かされたように思って、一瞬面くらった。

ドアの向こうに足音が響いたのは、それから十分も経ぬ時だった。手鏡でルージュを引き直していた志津は、あわててそれをしまい込み、ドアに向き直った。

安堵

「やあ」

居ずまいを正してドアに顔を向けた志津に、白衣姿の佐倉がニッと会釈した。右手に聴診器《ステト》を束ね持っている。

「回診してたもんだからね。ごめんよ、出迎えられなくて……」

ステトを白衣のポケットにおさめながら、佐倉はゆっくりとベッドに近づいた。

「とうとう、来てしまいました」

二十年振りに見る白衣姿に一瞬息を呑んでから、志津は気後《きおく》れがちに言葉を出した。

「いや、ようこそ、こんな辺鄙《へんぴ》な所へ」

佐倉はベッドサイドの丸椅子を引いて腰を落とした。ベッドに正座した志津のほうがいくらか見下ろす形になって、奇麗に櫛《くし》の入った七三の分け目が目についた。

（相変わらず身だしなみのいいこと。やっぱりこの人は白衣の方が素敵だわ）

二の句をまさぐっている間、相手に見とれていた。

（それにしても、こんな田舎に似つかわしくないダンディ振りだこと）

自分が患者として目の前の医者を頼ってきたことも、一瞬失念していた。我に返ってあわてて口を開いた。

「ゆったりとして、とても素敵な病院……気に入りました」

もとより世辞ではないが、よそ行きの言葉を使っている。

「僕もね、この建物は気に入ってるんだ。初めてここに来た時、一目惚れしてね、それで来る気になった」

「こちらへいらした理由は、まだ聞いてなかったわね」

「そうだったっけ？」

「くわしくはね。お友達に誘われて、とだけしか教えてくださらなかった。単身赴任だし、よほどの覚悟が要ったと思うけど、そのあたりのいきさつについては何も……」

「まあね、いろいろ、考えるところがあって」

佐倉は目を伏せた。もっと畳みかけたい衝動に駆られながら、相手がこの話題を避けていることも読み取れて、言葉に詰まった。

「さてと、改めて、ちょっと診察させてもらおうか」

瞼を上げたと思いきや、佐倉は医者の顔になって背筋を伸ばした。

「はい」

グイと近付いた相手の気迫に押され、正座のまま思わず後ずさった。反射的に、枕もとにある病衣を鷲摑《わしづか》みにしている。

「これに、着替えてからにしていただけます？」

「うん？　あっ、そうか……じゃ、また後でいいよ。婦長もおっつけ問診《アナムネ》を取りに来るだろうし……」

「後って？　今日また後で来てくださるの？」

「いや、今日はもうこれで帰るよ」

「明日は？　日曜だから、もちろん、お休みよね？」

「ああ」

「じゃ、後ってのは、あさってのことね？」

「ま、そういうことになるね」

(休日を、この人はどう過ごすのだろう?)

相手のプライバシーに踏み入っていきたい衝動を、やっとの思いでこらえた。返ってくる答が恐《こわ》くもあった。

「外出は構わないが、あまり遠出はしないように。マムシが飛び出しかねないからね」

「マムシ!?」

「ああ、時にね、かまれて来る患者がいるんだよ」

佐倉はこともなげに言った。

「でも、まさか、死なないでしょ?」

「すぐに抗血清を打てばね」

マムシの抗血清がどんなものか見たことはない。

「わかりました。できれば十和田湖を見たいな、て思ったんだけど」

「ここから車で三十分ほど行けば見られるが、でもまあ、すっかりよくなってからのほうがいいだろ。その時、ゆっくり案内するよ」

「約束してくださる？」

「そんな大袈裟《おおげさ》なことでもないだろう」

苦笑とも失笑とも取れるふうに目が笑った。

「もっとも、いずれご家族が来られるだろうから、皆さんで一緒に行ったほうがいいかもね」

「家族は、退院の時に来るだけにしてもらいます。その前に、是非あなたに連れていってもらいたいわ。ご迷惑でしょうけど」

「そんなことはないが……家の人は、皆さん来られるんだろうね？」

佐倉はまた椅子を引いて腰を落とし、改まったふうに志津を見上げた。

「三宝のことを、気にかけてらっしゃるのね？」

「ああ……」

ため息とも吐息ともつかぬふうに佐倉は吐いた。

「娘に、来るな、とは言えないわ」

「それはまあ、そうだろうが」

佐倉は壁に背をもたせ、胸に腕を組んだ。

「あの娘《こ》に、会いたくない？」

不意に考え込んで斜めに落ちた相手の視線を、下からまさぐるように首を傾けながら問いかけた。

「五分五分、てとこかな」

佐倉は志津の目を見ずに言った。

「会ってみたいが、会わないほうがいいような気もする」

「でも、一度は会って欲しいの。だから、写真も持ってこなかった。実物を見てもらったほうがいいと思って」

「フム」

「あたしがこんな病気にならなければ、写真を一枚渡して、いつか会ってね、ですませたでしょうけど。でも、もう限りある命ですものね」

「おいおい、またそういう弱気なことを」

目尻に溢れた涙を指で拭いながら志津は自嘲気味《じちょうぎみ》に笑った。

「ごめんなさい。どうかすると、涙腺が緩《ゆる》んでしまって……」

「無理もないが、あまり思い詰めちゃいかん。五年、十年のスパンでの闘いなんだから」

「四段階のⅢで、十年はとても生きられないでしょ？」

「いや、あれは大ざっぱな見積もりだよ。五センチ以上はあるように思ったが、実際測ってみるとそうはないかも知れない。となれば、ステージⅡだからね」

「そうなの？　乳癌は大きさで段階が決まるの？」

「いや、そればかりじゃない。リンパ節や他臓器への転移のいかんで変わってくる。肝臓と骨は、まだ調べてなかったんだよね」

相手のトーンが落ちた分、不安がぶり返した。

「それは、こちらで調べていただけるんでしょ？」

「肝臓はね。でも、骨の検査はできないから、それはまた後日考えよう」

「転移してたら、十年どころか、五年ももたないでしょうね？」

「それはまあ、そうだが……少なくとも肝臓に飛んでないことを祈るよ。月曜にＣＴとエコーの検査を入れておいたから」

佐倉は立ち上がり、今度こそ踵を返す構えを見せた。

「じゃあ、後で婦長が来るからね」

志津は、病棟勤務だった頃を思い出した。

入院患者が出ればひと仕事である。ほとんどは初対面の患者だから、それなりの緊張もある。氏名、年齢、主訴程度の乏しい情報を頼りに患者と対面しなければならぬ。主には現病歴を聞き出すことに意を注ぐことになるが、家族歴を問う時も神経を使う。離婚歴、再婚歴、さては、主婦と信じたのが内縁関係だったりして、機微に触れる状況に戸惑い、二の句が継《つ》げない時もある。そうしたバックグラウンドが現病歴に及ぼす影響も少なくなさそうだと時に感じながら、どこまで突っ込んで探ったものか、ベッドサイドで咄嗟の判断を下すのは容易ではない。相手としては本来そっと秘めておきたいプライバシーかも知れぬ。それを知られればたちまち、居心地が悪い、恥ずかしいと思うのも人情だろう。ことに、個室の場合はまだしも、カーテン一枚しか隔てていない大部屋で、同室者に筒抜けのやり取りは、さながら刑事の尋問を受けるような苦痛を患者に強いかねないのである。

患者と一対一で話し合えるアナムネ用の部屋が必要である、というのがいつしか志津の持論となった。婦長になってからは管理会議で幾度かその旨提言したが、部屋は目一杯使っている、とてもそれだけのスペースは作り出せない、ということで、先送りにされていた。

佐倉が部屋を出た後、素早く着替えにかかった。糊《のり》のきいた病衣を着けると、いよいよ患者になった、もうどこへも逃げられない、という拘束感に捕らわれた。

スーツケースからガウンを引き出して病衣の上にまとうと、少し気分が落ち着いた。窓を開いて外に目をやったところでドアにノックの音が響いた。

佐倉の予告通り、婦長の石川だった。

「同じ東北でも、仙台からは遠かったですなー」

ねぎらうように言いながら石川は近づいた。あわててベッドに戻ろうとするのを、

「あっ、いいですよ」

と制して石川はスッと志津の横に身を滑らせ、窓際に立った。

「本当に、何もないところだすよ、この尾坂は。鉱山と芝居小屋と、やっと消えたんだけど、長い冬の雪、それで、もうじき咲きますけど、アカシアぐらいでね」

「芝居小屋といえば、のぼりがたくさん立っていて驚きました」

「日本で一番古くて、明治時代にできたそんだす。回り舞台や花道も一応備えているすよ。鉱山の最盛期には、いろんな行事が催され、大勢の見物客で賑《にぎ》わったそんだす

けど……」

「一度見てみたいですね」

「たまに一流の有名な役者さんも来ます。ご覧になったら、みやげ話になるんしょー」

さり気ない方言のせいか、気さくでのんびりした人柄が伝わってきて、肩の緊張がほぐれるのを覚える。

「皆さんは、よくご覧になるんですか？」

「それが、ながなが。近くていつでも行けると思うからなんでしょうね。でも、年に一度、病院の忘年会はあそごを借りぎってするので、皆、なじみはあるんだすよ」

「あら、そうなんですか」

「舞台で余興のお芝居やカラオケなんぞすると、ちょっとした役者気分になれるもんだすからね。楽しみにしている人が多いんだす」

佐倉はそこでどんな役回りをするのだろうと思った。自分の知る限り、酒も陸《ろく》に飲めず、宴会で羽目をはずすこともなかった。佐倉が歌うのを聞いたこともない。二十年の、自分が与《あずか》り知らぬ空白の歳月は、彼をどのように変えているのか、想像がつかない。

「あ、副院長、お帰りだすね」

「えっ？」

「ホラ、あの白い車、コロナマークII」

石川の指は、つい先刻田村の車が玄関に入ってきたところを逆の方向に走り去ろうとしている車を指している。

志津は石川の指の先を目で追った。ウインドー越しに佐倉らしい人物の首から上が辛うじて捉えられた。

「お住まい、遠いんですか？」

取り残されたような空虚感に襲われながら、佐倉のことを話題にするとっかかりを得た思いで、車を目で追いかけたまま志津は言った。

「いえ、そんだら——車で二十分ぐらいだすよ」

「病院の、公舎なんですか？」

「ええ、古い家で、平屋建てなんだすが……でも、一戸建てで、一応お庭もついてるから、小世帯ならご家族で住むこどもできるんすよ」

言葉尻に、かすかな棘《とげ》を感じた。佐倉の単身赴任を是認できないとする趣を。

「おひとりで、何かとご不自由でしょうにねえ」

志津は相槌を打つように言った。佐倉の車が見えなくなって、胸に空虚感が広がるのを覚えながら。

「いずれ、塩釜のほうさお戻りになるおつもりかも知れねしな。こんだら田舎に埋もれる先生じゃないって、そんだらごとは皆の一致した意見なんだすよ」

「そうですか。でも、都会より、こういう所がお好きなんじゃないですか、案外」

他人事のように喋っている、その空々しさをかみしめながら、万が一にも自分と佐倉との過去の秘め事を気取《けど》られてはならぬとの防禦反応は反射的に働いている。その癖一方で、二十年近い空白を少しでも埋めようとしている賢《さか》しらさにも気付いていた。

「それならいいんですけどね。でも本当に、何もないところですから、都会から来られた先生がお一人でよーぐご辛抱なさっている、と感心させられるんですよ。私なんか、土地の者ですから当たり前みたいにおりますけどね」

それは自分も似たり寄ったりだ。親の代から住みついた名取に、格別愛着があるわけでもないが居ついている。市立病院に長年勤めていることもこの婦長と同じだ。ひとり娘に生まれついたのが宿命で、結局地元の男と結婚し、数年前、少し離れたところに土地を得てやっと親元は離れたが、思えば家と親をしがらみとする境涯であった。

佐倉ともう五、六年早く出会っていたら、あるいはひと思いにこれらのしがらみをかなぐり捨てていたかも知れない——出会った時は痛切にそう思ったが、二十年振りに再会を遂げてからも、時折こんな不埒な思いが胸をよぎる。

「佐倉先生、何か、ご趣味は……？」

何もないところで、帰省しない土、日をどう過ごすのか、そればかりは気がかりだった。

「テニスをやるんすよ。鉱山所有のテニスコートが先生のお宅の近くにありましてね。うちの職員も何人かやってます」

（スポーツでリビドーを発散しているのかな？　女がいるわけじゃなかった……？）

疑問符を残したまま、少し安堵するものを覚えていた。

上京して一週間目に、宏から携帯に電話がかかった。携帯電話は父の正男が合格祝いに買ってくれたものだ。これで少なくとも一週間に一度は近況報告をするように、と。しかし、相槌を打っていた母が、早々に家からいなくなった。国語の試験に出た「青天《せいてん》の霹靂《へきれき》」とはまさにこのことだ。希望に膨らんだ胸は半分へしゃげた。

宏の電話は嬉しかったが、会話は弾まない。予想以上にハードなカリキュラムで高校以上にきつい、大変だよ、との愚痴を、半ば上《うわ》の空で聞いている。やがて、「そっちはどう？」と話題が切り換わったが、相手のようにカリキュラムの内容を事細かく話す気にはなれなかった。

「何だか元気ないね」

一方的に受けに回っているから、さすがに宏は訝ったようだ。

母のことを話題にしたかった。心配でたまらない、落ち着かない、勉強に身が入らない——そんな悶々とした心の裡《うち》をさらけ出したかった。しかし、そこまで思い切れないまま、首を振っていた。

「そんなことないわよ。荷物の整理や何やらでちょっと疲れているだけ」

「それならいいけど」

と宏は明るい声に返って、今度名取へ帰った時は遠慮なく自分の家へ来て欲しい、父母とも会って欲しい、等々言い添えて電話を切った。

宏に会いたいと思った。しかし、帰省しても母親のいない家は侘《わび》しかったし、晴れない気持で宏に会えば、曇ったままの心の裡を隠し切れない気がした。

母は、年老いた両親には黙って行く、もし電話がかかっても病気のことは何も言わないで欲しい、と家族に言付けて出て行ったが、他の誰彼《だれかれ》にオフレコとは言わなかった。職場の上司にも事実をそのまま告げたと言っていたから、何がなんでも病気を秘密にしておかねばならないということはなさそうだったが、宏と会ってそれを明らかにすれば、話題はもうその一事に尽きてしまう気がした。それなりの覚悟が必要だった。

秋田は遠いと、今さらにして感じられる。その秋田でも、尾坂は青森に近いと聞く。東京に来てみると、そこははるか北の果てに思えた。

東京に固執せず、今から思えば、父親がしきりに勧めた県立がんセンターを自分も推せばよかったと悔んだ。後で調べてわかったことだが、がんセンターには車で二十分そこそこの距離だったのだ。以前は「成人病センター」と言っていたが二年程前に

「がんセンター」に呼称が変わったことも初めて知った。入院がどれくらいになるにせよ、そこなら少なくとも隔週の土、日には父と一緒に見舞いに行けたはずだ。

（いくら論文に心惹かれたからと言って、一面識もない先生にいきなり手術を頼むなんて！）

母の行動は、余りに突飛過ぎる。今頃自分でも後悔しているのではないだろうか
——そう思うと、無性に母親が哀れに思えてきた。

ある衝動に突き上げられ、三宝はまた携帯電話を取り出して志津の携帯にかけた。つながらない。トイレかとも思い二、三分おいてかけたがやはりつながらない。止む無く病院にかけた。

受話器の向こうに響いたのは、若い男の声だった。

「中条ですが……」

と告げると、「ああ、中条さん」と、何もかも承知しているような口振りの声が返った。が、「ちょっとお待ちくださいね」と愛想良く二の句が継がれてから、かなり待たされた。母は一体どこで何をしているのだろうと疑問が募った。一分以上も待ったところで、ようやく先刻の男の声が返った。走ってきたのか、荒々しい息遣いが伝

わってくる。

「今、ご本人と代わりますから」

「はい」

と答えた三宝の声は、長い沈黙のせいか不覚にも少しかすれている。

「あっ、三宝？」

受話器を握り直した時、意外に陽気な声が耳もとに響いた。

「ごめんね、外に出てたもんだから。裏にね、小川があるのよ。退屈なので、ちょっと散歩してたの」

東京では考えられない情景が瞼に浮かんだ。小川のせせらぎに目を落としながら、母はどんなことを考えていたのだろう。

「どうしたの？　何かあったの？」

「ううん、別に何も……」

やっと言葉を出したが、声が湿っていた。

「今、どこ？　家からじゃないわよね？」

「寮からよ。お父さんには悪いけど、お母さんのいない家に帰ってもね、寂しいだけだから」

「でも、電話くらいしてあげて」

「うん……」

言葉を濁した。

「それより、手術の日は、決まったの？」

「ああ、多分、今週の金曜日」

「じゃ、土曜か日曜に行かなければ」

「駄目駄目！　来なくていい」

即座の打ち消しに戸惑った。

「言ったはずよ。三宝と正樹は、来てくれるにしても退院の時でいいって」

「だって、お父さんは行くでしょ？」

「お父さんは仕方がないわ。先生からいろいろお話があるでしょうし……」

確かに、出がけに重々言い含められてはいた。が、今となると、母がなぜ素直においでと言ってくれないのか、術後のやつれた姿を見られるのがイヤと言っていたが、夫ならよくてなぜ子供に見られるのがイヤなのか、解しかねた。

行きたい、駄目、の応酬を数度繰り返した挙句、結局母親の強いたしなめに屈する形になって携帯を切った。

落ち着かなかった。金曜まであと数日しかない。昨日出かけたばかりだからまだまだ先のことと思っていたが、意外にさし迫った感じだ。

「手術は、絶対大丈夫よね？」

と尋ねた時、

「大丈夫よ、上手な先生なんだから」

と母はさり気なく返したが、よくよく考えてみれば、そんな質問も答もナンセンスだ。母の生死の鍵は、執刀する外科医の手に握られているのだ。その医者の顔を見てじかに話を聞かなければ本当には安心できない。母とほぼ同い年というから年齢に不足はない、それなりに経験も積んでいるのだろうし、母から見せられた論文を読んだ限りでは自信にも満ち溢れている。第一、遠方の患者を電話と手紙だけで二つ返事で引き受けたこと自体自信の表れとみてよいだろう。母のリラックスぶりから推しても、不安を覚える材料は何もないと考えてよいのかも知れないが、それにしても、胸と背にメスが入り、四、五時間もかかる手術となれば、これはやはり大事《おおごと》であり、とてつもないことに思われた。

そもそも、乳癌とはなんなのだろう？　言うまでもなく女性に宿命的な病気であり、新聞か何かで、近年日本の女性も欧米の女性並みにこれに冒される率が高まりつつある、と書かれているのを目にしたことはあるが、それ以上のことは何も知らない。その無知さ加減がいまいましかった。

自分も母も仙台に出かけた日の夜、浴室で触れた母の乳房にカシッと覚えた強かな感触、特異な異物感は、今も手のどこかに残っている。それは自分の乳房のどこを押してもないものだった。

自分がかつて含んだ乳房が、たとえ一方であれ失われようとしている、それはやはり他人事ではなく、考えるとやり切れないことだった。

母親の病気を知ってから、三宝は浴室で自分の裸身を鏡に見すえ、一方の乳房を手で思いっきり押してみたりした。醜悪とまでは言えないにしても、一方がつぶされた胸はおよそ美しいものではあり得ない。そう見てとった時、母親の悲しみを理解できた。

乳癌についてもっと詳しく知りたいと思った。ほやほやの医学生だが、宏ならなんとかしてくれるかも知れない——フッと、そんな考えが閃いた。

余技

「アウトー」

佐倉がコーナーを狙《ねら》って放ったストレートを懸命に追ってバックハンドで返した大里清子《きよこ》の球がネットにかかっていた。

「シックスツースリー。ゲームセット。あっ、大丈夫?」

田村は審判台を下りかけて、大里がコートに尻餅をついているのに気付いた。ペアの八木沼があわてて駆け寄っている。

「大丈夫、大丈夫です」

スコートの裾の乱れを若い娘らしく楚々《そそ》として取り繕いながら、悪びれぬ微笑を見せて大里は立ち上がった。

「事務長が動かない分、ひとりで走り回ってるんだものね」

佐倉の言葉に、ドッと哄笑《こうしょう》が起こった。

八木沼は頭をかいた。

「副院長のボールは、どっちゃさ来るか、読めなくって」

「勘だすよ、勘、勘の差」

審判台から下りた田村が自分のこめかみに指をあてがってニヤニヤしながら言った。

「つまりは運動神経の違い、てことになりますけど」

「いやあ、やっぱりおづむの差だすべな。人の意表を突ぐのが抜群におん上手だすから」

「なんだかずる賢いと言われてるみたいだな」

「いや、そういうわけでは……」

再び哄笑が起こった。

コートはクレイで三面ある。向こうの二面は主に尾坂鉱山の職員が占めていたが、病院の人間も混じっている。

尾坂のはずれで大館に近いが、コートの所有者は尾坂鉱山である。鉱山が黒鉱を産出して今とは比較にならぬほど羽振りのよかった昭和四十年代に作られた。ご成婚間もない今上天皇《きんじょうてんのう》が美智子妃とともに鉱山を視察に来られるというので、その宿泊施設とともに突貫工事で作り上げた。土地の関係で、宿泊施設の方はコートから一キロほど隔たった大館市内になった。

テニスコートがあると佐倉が知ったのは、浅沼からの情報である。最初はゴルフをやらないかと誘ってきた。ゴルフはやらん、テニスなら昔少しばかりかじったことがある、と答えると、ああそれならいいところがある、病院の職員も何人かやってるから、と勧められた。

その実、浅沼も時に午後あたりからヒョイと顔を出した。

「俺も昔、ちょっぴりね」

と言いながら、結構器用にラケットを扱った。当初は、佐倉のほうが分《ぶ》が悪かった。半年ほどで互角となり、一年経つと浅沼のほうが劣勢になった。浅沼が専らゴルフのほうにうつつを抜かしていたせいもある。

この日も、皆がすでに一汗も二汗もかいた午後遅くに浅沼がヒョッコリ現れた。肩ならしのラリーを二、三十分、ダブルスを二セットほど終えて一息入れた後、

「いっちょ、やるが」

と、浅沼は佐倉に声をかけた。「いっちょ」とはシングルスのことで、誘いの口吻

は柔らかいが、いざ試合となると結構闘争心をムキ出しにする。

佐倉も負けてはいない。手加減はまったくせず、この一年ほどはほとんど佐倉の常勝《じょうしょう》である。ゴルフを始めてからめっきりバックのリターンが下手になった浅沼の、そのウィークポイントを執拗《しつよう》に攻めてミスを誘う。

「お前、性悪《しょうわる》だぞ。人の厭《いや》がるどこばっかり攻めで」

これが浅沼のお決まりの敗戦の弁となった。

「ゴルフはフォアオンリーなんだからな。少々手加減したらどうなんだ。なあ？」

と、ギャラリーの同情を求めて笑わせ〝落ち〟となる。

この日も、二セットとも六—三で佐倉が取った。前半はせり合うが、大抵後半で浅沼が凡ミスをしでかして自滅となる。

「クソー、あんまりきばると、あした、メスがふるえるぞ」

月曜は手術日でないと知っていながら、プレイ中も浅沼は盛んにジャブをしかける。

浅沼はこのところずっと機嫌がよい。クリニックのほうも順調だし、一浪していた長男が捲土重来《けんどちょうらい》、この春には見事東北大の医学部合格を果たした。年子の長女も薬学部に入った。

「ところで、今週の金曜にメジャーのオペを予定しているが、大丈夫かい？」

シングルスでさんざ流した汗がおさまりかけた時、佐倉は思い出したように浅沼に話しかけた。

「あ、そうが……モノはなんだ？」

「マンマなんだが、一期的に乳房再建もやるから、少々時間はかかる」

「例の？　去年一、二度、見せてもらったよな。最初の時はおったまげたよ。何が始まるかと思っただね」

「しかし、君の奥さんが乳癌になったら絶対このオペを選ぶ、て言ってくれたよな？」

「だって、俺の知る限り、マンマのオペと言えば、あばら骨まで浮き出すような悲惨極まりねえものだったよなあ。背中の筋肉であれだけのふくらみを出せるなんて、まるで手品を見ているようだったぜ。因《ちな》みに、今度のクランケは、若いのかい？」

「いや、我々と同じくらいだ」

「ほいじゃ、もう、おばさんじゃねぇか。敢えてオッパイを作る必要があるのかね？」

「ある。年よりはウンと若々しい。現役のナースでね」

「ナース？　まさか尾坂病院の職員じゃ……？」

「いや、違う」

「と、言うと？」

「名取からおいでになったんですよ」

と、その時、二人の会話にそれとなく聞き耳をたてていた八木沼が口を挟んだ。

「名取？　なしてまたそんたらところからわざわざ？」

「……だから、その、乳房再建を希望して」

「そりゃまた大したもんだ。佐倉大先生を慕ってきたわけだ。いやあ、どんたら御仁か、お目にかかるのが楽しみだね」

「奇麗な方ですよ」

八木沼が自得して頷きながら言った。

「ほー！　じゃ、オッパイもさぞや魅力的なんだろうな？」

浅沼のいくらか卑猥《ひわい》な口吻に、佐倉はフッと、仙台のホテルで露になった志津の乳房を思い出した。

虚々実々

異郷の地での第二夜が明けると、前日までの遅々とした時の歩みが嘘のように速くなった。

早朝一番で採血があった。朝食を終えると、間もなく佐倉がやってきて入念に診察した。

志津は佐倉の額がキツネ色に陽焼けしているのを逸早《いちはや》く見て取ったが、敢えて気付いた素振りは見せなかった。プライバシーの一端を患者に気取られて気をよくする医者もいまいと自戒したからである。

「うん、ホテルで診せてもらった時の印象と変わりはない。あの時説明した通りの手術で行くよ」

診察を終え、志津が胸元を繕ったところで佐倉は言った。

「約束通り、オッパイを作って頂けるんですね？」

「ああ、後で同じ手術をした患者の写真を見せるが、君はそれこそ与謝野晶子《よさのあきこ》の所謂《いわゆる》

〝やわ肌〟の持ち主だから、作り易そうだよ」

「肌の具合で、作り易さが違うんですか？」

「そりゃあ、もちろん。皮膚の厚み、弾力性いかんでね、うんと違う」

自分の肌が〝やわ肌〟かどうか意識したことはなかったが、同じ台詞を、どこか遠い日に耳元で聞いたような記憶があった。

（この人は、そんなことをあたしに囁いたなんて、疾っくに忘れてしまっているだろうけど……）

佐倉は志津の視線をさり気なく避けると、

「じゃあ、外来があるから」

と言ってそそくさと部屋を出た。

午前中の検査は肺のX線撮影、それから検査室に移ってのエコーと心電図だった。

午後は生まれて初めてCTの検査を受けた。名取の病院で患者がドームのような装置に吸い込まれていくのを垣間見たことは何度もあるが、いざ自分がそこに横たわってみると、頭上に覆いかぶさるドームが圧迫感をもたらして不気味。

佐倉は夕刻、志津が食事を終えた頃合いに再び姿を見せた。

「いやあ、よかった。肺と肝臓の転移はなしだ。脇の下のリンパ節には二、三個ありそうだがね」

「それでも、四段階のIII？」

「大きさがね、最大径四・八センチ。だから辛うじてIIかな。ま、わずか二、三ミリのことでIIとかIIIとか分けるのが果たして合理的かどうかは甚《はなは》だ疑問だが」

「でも、まだ骨が残ってるわ。骨に転移してたら、IIIどころじゃないんでしょ？」

「ああ、遠隔転移があればもうIVだが……」

「怖いわ。あたしの記憶にある乳癌の患者さんは、腰骨に転移して動けなくなっちゃったのよ」

「うん、ま、胸椎と肩は大丈夫だったよ。念のため、腰椎と骨盤も撮っておこうか？」

「普通の写真で、わかるの？」

「大体はね。確実には骨シンチでないと無理だが」

「でも、骨に転移してたら、その場所に痛みがあるんでしょ？」

「ああ、まずね。だから、今はどこにもないと思うよ」

気休めではない、佐倉はそう確信してくれていると信じたかった。

が、とにもかくにも大きな臓器に転移がないというのは朗報に違いない。今日の検査結果を知らせてくれるのは明朝だろう。気がかりで寝つけないかも知れないと案ずる気持があったから、佐倉が来てくれたことは嬉しかった。

「ともかく、悪いなりに、絶望的ではない、ってことね？」

「当たり前だよ。でなかったらわざわざこんなところまで来てもらわない。オッパイの再建もする意味あり、とみなしたればこそ引き受けたんだからね」

「ありがと……」

熱いものが胸にこみ上げた。

「じゃ、また、あした」

患者の感傷にお付き合いするのは苦手だよ、と言わんばかりに、佐倉は志津の二の句を待たずに踵を返した。

「あしたも、朝と晩、来てくださる？」

半身の姿勢から背が完全にこちらへ向いたところで、志津は熱い塊《かたまり》を呑み下して追い縋《すが》るように言った。佐倉が再び上体を半身に戻した。

「朝晩二回診るのは重症者と術後の患者に限ってるんだがね」

「術後はもちろん来てくださるでしょうけど、術前も主治医の顔を見ないと患者は不安なものよ」

「あんまり来過ぎてもね、かえって不安になるんじゃないかな。術後もね、やたら診に行くのは良くない。こんなに頻々《ひんぴん》と医者が診に来るのは経過が悪いからじゃないか、て、そう思い込む患者もいる。事実その通りのこともあるが」

「あたしは、どうかな？　試しに、それくらい来てみてくださる？」

「乳癌の術後は何もすることないからね。急に変わったことをすると周りも戸惑う」

「周りって、看護婦さんたち？」

「ばかりじゃない。他の職員たちもね。表立っては言わないが、君には皆格別の関心を抱《いだ》いてるだろうからね」

「つまりは、あなたとあたしの関係に？」

「まあね」

「大丈夫でしょ。皆さん素朴な方たちばかりだし、余り穿ったことは考えないんじゃなくって？　婦長さんにも、佐倉先生を名医とお慕いしてきました、とだけしか言ってないし」

「しかし、何せご指名で県外から来てくれた患者は久し振りだからね」

「そーお？　あの雑誌を読んで、我も我もとあたしのような患者が押しかけてるんじゃないかと思ったわ」

「まさか。だって、あれは医者向けのジャーナル誌だからね。患者の目に触れることはない」

「あ、そうか……」

言われて初めて、佐倉の書いたものが載った雑誌を直《じか》に読んだかのような錯覚に捉われていたことに気付いた。

「でも、あれを読んだお医者さんたちから、照会や問い合わせはなかったの？」

「二、三、なくはなかったけれどね。口で説明しても半信半疑で……。ま、実際見に来て納得してくれんと、なかなかプロパガンダにはなってくれんよ」

「でしょうね。ドクターって、皆保守的で、自分の牙城《がじょう》を崩そうとしないものね。人の流儀もなかなか受け入れようとしないし……」

「よくわかってるじゃないか」

「これでも看護婦歴約三十年、あまたのお医者様を見てきてますからね」

佐倉は納得したように頷いた。

翌日は腎機能を診るため時間を置いて何度か尿を取る検査以外何もないと聞かされ、長い一日になるのではと案じたが、午前は瞬く間に過ぎた。朝一番に顔を見せてくれないのを訝ったが、十時になって回診を告げるアナウンスが天井に響き、ほどなく佐倉が現れた。腫瘍マーカーの結果はまだだが、他の血液検査、心電図、すべて異常なし、と告げられた。

「輸血は、要りませんか？」

看護婦が同席している手前、他人行儀の口調になる。

「輸血？」

佐倉は意外という顔をした。

「まずね。ヘモグロビンも十二gあるから、千ccやそこら出ても大丈夫」

「えっ？　そんなに出るんですか？」

「いや、その三分の一も出さないつもりだが……」

看護婦がにっとして頷いた。

約束通り、佐倉は夕方も現れた。

「お食事は、お済みになったの？」

一対一になると、知らず旧知の間柄という意識に返る。

「いや、まだこれからだが……」

佐倉は、例によってベッドサイドの丸椅子に腰を落とした。

「お食事はいつもどうしてらっしゃるの？」

志津は裾を整えてベッドに正座し直した。

「三度三度、病院でだよ」

「味気ない」

肩をすくめて見せた。

「どなたか、作ってくださる方はいないの？」

「どういう意味だい？」

さり気なくカマをかけたつもりだが、そうそう簡単には乗ってこないかと、胸の中でひとりごちた。

「だって、中年の、ロマンスグレイになりかかったお医者様が、職場で黙々と一人お箸を動かしてる姿なんて、ちょっと想像できないもの」

佐倉は苦笑した。

「ま、あれこれ心配してくれるのはありがたいが、人のことより、今は自分のことだけを考えなさい」

「でももう考えたって詮方《せんかた》ないことでしょ。下駄はすっかりお預けしたんですから」

「じゃ、家族のことでも。ご主人に、手術の説明はやはりしたほうがいいだろうね？」

「手術のことは、あなたの例の論文を見せたからもういいと思うの。切り取ったオッパイも見たくないでしょうし、あたしは特に来てもらわなくてもいいんですけど」

「しかし、そういうわけにも……」

「見てください、て言えるような主人じゃないし、あなたも、顔を合わさずに済むならそのほうがいいでしょ？」

「まあね。でも、どの道一度は会わなきゃならんだろう。医者の義務として、家人への手術の説明は欠かせないからね。手術日のことは、言ってあるよね？」

「それはもう出がけに。おとつい娘から確認の電話があったから、金曜日、てことは主人にも伝わってるはずよ」

「じゃ、ホテルももう予約しておられるよ」

「後で電話してみるわ。主治医のご意向は伝えますけど、無理に来なくていい、て言ってみるつもり」

実際、切に来て欲しいという思いは全くない。夫婦仲が冷えているわけではない。夫が自分を好いてくれていることは疑いようがないし、多分、浮気をしたこともないだろう。妻の乳房にも無関心ではあるまい。それだけに殊更《ことさら》、切り取られたそれを夫の目にさらすのは忍びない。

佐倉が退座した後、頭の中でまだまとまりがつかないまま夫に電話を入れた。こっちからも電話をかけようと思っていたところだよ、と正男はいくらか上擦《うわず》った声で言った。

「三宝から電話あった？」

「ああ、手術は、金曜の午後からで、間違いないんだね？」

「ええ」

「それで、ちょっとホテルを調べてみたんだがね。そのへんにはないみたいなんだ」

佐倉の予感通りだ。夫はもう行くものと決め込んでいる。

「平日だし、無理に来なくってもいいのよ。胃や腸ならまだしも、癌に冒されたオッパイなんて、見るのもイヤでしょ？」

「まあ、胃にせよ、なんにせよ、余り見たいとは思わんが」

トーンの落ちた声に、夫の顔が受話器の向こうで曇ったのを感じ取った。

「病気や手術のこと、一度詳しく先生から聞かないと」

「それは退院間際でも聞けるでしょ？　手術は心配ないとおっしゃってくださってるんだし」

「まあ、その点は心配してないけどね。手術はしたが説明する家族が誰も来てないというんじゃ、先生も張り合いがないだろうし、どういう家族かと常識を疑われるよ。あんたのメンツも立たんだろ」

夫の語気が強まってきた。相手の言い分の方に理があるだけ、苦しい。

「先生は確かに、手術前にあなたに会いたい、とおっしゃってるけど……」

「まともなお医者ならそう言われるはずだよ」

夫の口吻が少し柔らかくなった。

「とにかく、木曜の午後に行くよ。ホテルは十和田湖近辺に集中してるらしいから、そのうちどれかを予約してみる。病院までは車で三十分そこそこらしいからね」

夫はもうかなり下調べをしているのだ。観念する他ない。

「いいわ。前日なら五時までにね。遅くなるようなら当日の朝でも一緒だから」

「いや、必ず前日に行く」

有無を言わさぬ断言だ。

「佐倉先生に、その旨よろしく伝えといてよ」

結論が出て、半分ホッとし、半分悔いを残した。

佐倉とのことは、夫には生涯打ち明けないだろう。三宝をみごもった時の疑惑がまだ夫の心のどこかにわだかまっていたとしても、妻の背徳の相手が佐倉だとは、よもや疑わないだろう。だから、二人が顔を合わせたとてどうということはないかも知れない。しかし、会わずに済むならそれに越したことはない。

(でも、何《ど》の道避けられないことだったのに……。何を虫のいいことを考えてたのかしら?)

自分はさておき、佐倉の方こそいい迷惑かも知れないのだ。まかり間違っても夫には会いたくないだろうし、その確たる証拠もない我が子にだって、今さら何故会わせるのかと開き直りたい心境かも知れない。

十八年前、佐倉が去って行った時、最後に向かい合った自分に投げかけられた冷たい目を忘れてはいなかった。その時は悔しく腹立たしかったが、少し気持がおさまると、当然の報いだと思い直した。寧《むし》ろ、夫が妻の不貞を一度限り疑ったに留まっただけでも幸いとしなければならない。三宝は、目鼻立ちがハッキリしてくると、その目元、口元は紛れもなく佐倉のものであり、夫の造作には似ても似つかなかったから、夫が疑いを持ち続けても不思議ではなかったのだ。しかも志津は、赤子《あかご》の命名権まで主張した。

「正樹の時はあなたに譲ったでしょ。だから今度はあたしに付けさせて」

何故そこまで固執するのかと夫は訝ったが、最後にはまあいいだろうと譲歩した。しかし、名前を決めた時はクレームをつけた。

「三宝？　女の子は××子ちゃんのほうが可愛いじゃないか」

「××子というのはありきたりだから。あっ、じゃ、あなたはあたしの名前も好きではないのね？」

志津はほくそ笑んだ。

「いや、ま、そうでもないが……何故志津子じゃないんだとは思ったよね」

「そうね。若いうちは悩んだわ。もちろん、子供の時も。だって、しづなんて呼ばれると、何だかオバさん臭いものね。でも、〝ミホ〟は若々しい名前よ。そう思わない？」

「まあね。でもなんで〝三つの宝〟なんだい？」

この詰問も予想済みだ。

「私とあなたと、そして、周りの人たちからも宝に思われるような人になって欲しいから」

多少勿体《もったい》ぶったが、それでもさらりと言ってのけてから、（ああ、また嘘をついてしまった）と、後ろめたさに戦いた。〝あなた〟ではなく、宝の一つは〝佐倉〟のそれの意をこめていたからである。

夫は三宝を可愛がったが、不機嫌になることがままあった。

「三宝ちゃんは誰に似たのかなあ？　お父さん似じゃないし、どっちかと言えば、お母さん似かな？」

と、三人を見比べて他人が首をかしげる時だった。

「女の子は普通、男親に似るって言うけどなあ」

こんなふうに畳みかけられると、夫は傍目にも瞭然と眉を曇らせ、志津をドキリとさせた。そんな日は、夫は終日寡黙で、殊さら自分との会話を避けていた。

(あの人の風貌に、三宝の面影を感じ取ったりすることが、ひょっとしてあるかしら?)

部屋に戻りながら、フッとこんな危惧《きぐ》の念が胸をよぎっていた。

疼き

手術の前日になった。

夫は予告通り陽の明るいうちに姿を見せた。

「遠かった?」

幾許《いくばく》かの懐かしさと、病衣をまとった姿を見られて気恥ずかしさの入り混じった複雑な気持で志津は夫を迎えた。

「そうだねえ。十和田湖まで行ってバックした形になったから、その分、遠く感じたかな？　先にこっちへ寄ってたら、案外近いと感じたかもね」

「ホテルはどーお？　いいところ？」

「ああ、湖が目の前でね、ひとりで泊るのは勿体ないくらいだよ。これが、そのホテル」

正男は、薄っぺらいパンフレットを手提げ袋から取り出して見せた。

「いいわねえ。あたしはまだ十和田湖を見てないのよ」

志津は、手にしたパンフを繰りながらため息混じりに言った。

「じゃ、退院の時には十和田湖経由で帰ることにしよう」

(藪《やぶ》へビ……!)

忽《たちま》ち後悔した。夫とではなく、佐倉とこそ湖畔を散策したかった。歩きながら、あるいはベンチに腰かけて湖を眺めながら、病気のこと、三宝のこと、その他諸々のことをゆっくり話し合いたかった。佐倉もそれは約束してくれているから必ず実現するだろう。だが、そうなると、夫が迎えに来て十和田湖に誘われた時、自分はそこに初めて来た素振りをしなければならない。

（しくじったわ！　誰かに尋ねれば、この近くにだって民宿くらい見つけられたかも……）

何故それくらい気が回らなかったのかと、今さらにして悔んだ。

「ええ、そうね」と頷いてから、すかさず話題を変えた。

「ナースセンターには顔を出した？」

「いや、受付で名前を言ったら、さっきの女性が直接ここまで案内してくれたんで」

「そう？　じゃあ、センターに行ってきて。そこで佐倉先生に連絡を取ってもらえばいいわ」

「ああ」

正男は腕を返して時計を見た。それからおもむろに志津の顔色を窺った。

「これ、どうしようか？　佐倉先生と、看護婦さんたちにと思って買ってきたんだが」

夫が差し出して見せた手提げ袋は、志津も先刻から気になっていた。

「何を買ってきたの？」

正男は、袋を引き寄せて中を広げて見せた。

「看護婦さんには茶菓子、先生には、飲まれるかどうかわからないけど、ブランデー」

志津が包みを見て浮かぬ顔になるのを、正男は見咎めた。

「こんなんじゃ、失礼かい？」

「気持だからそれはいいでしょうけど、手術前に渡すのはどうかな？　少なくとも先生には後のほうがいい。預かっとくわ」

志津が紙袋へ手を伸ばすのを、正男は不服げに見やった。

「そうかなあ。手ぶらじゃかえって失礼じゃないかい？」

「お金よりはマシだけど、何にしても、手術前にそういうのを渡されるの、まともなお医者さんならいい気持しないと思うわ。だって、賄賂《わいろ》か、袖の下みたいじゃない？」

「そりゃ少し考え過ぎだよ」

志津が取り出した菓子包みを受け取りながら、正男はいくらか気色ばんだ。

「金を包んでいい手術をしてもらえるならいくらでも惜しまないけどね。そういうものでもあるまいし。だから、そんな下心めいたものは全くないんだよ。ただほんのご挨拶代わりに、というつもりで持ってきたものだから、あっさり受け取ってもらえばいいんだが」

志津が紙袋をベッドの下に押しやるのを未練がましく目で追いながら、正男は納得しかねるという顔を続けた。

「患者がはるばる遠くから来てくれたというだけで医者冥利と感ずる反面、それなりのプレッシャーも覚えておられるはずだから、手術前に何やかやで気を遣わせないほうがいいのよ。それに、佐倉先生、お酒はあまりお好きじゃないみたいだから」

「じゃ、まあ、看護婦さんにだけ渡してくるよ」

正男が腰を上げるのへ、志津はにっこりと頷いてみせた。

佐倉は手術中だった。前日、大学から非常勤で来ている若い医者が「急性胃炎」と診断して胃薬だけ処方して帰した患者が、今朝の外来に下腹を抱えてやって来た。夜はなんとか眠れたが、明け方、右下腹の痛みで目が覚めたという。

下腹部の右半分に圧痛、筋性防御、腹膜刺激症状と、腹膜炎の症状が揃っている。熱もある。

（虫垂炎《アッペ》だ。破れたな！）

急速に経過するアッペは往々にして鳩尾《みぞおち》から痛みが始まり右下腹部に移行する。経験の浅い若い医者にはそこまで読みきれなかったのだ。

患者は尾坂鉱山に勤める若い男性で、結婚して間もないという。まだ生娘《きむすめ》を思わせる新妻が、心配でたまらないという顔で付き添ってきていた。

この急患に手間取ったせいもあって、外来が終わった時は二時を回っていた。昼食を十分そこそこですませ、二十分ほどの仮眠をとって手術を始めたのは三時過ぎだった。

診断に狂いはなかった。虫垂突起は腐って根もとに近いところで穿孔《せんこう》を起こしていた。骨盤腔には黄緑色の膿が淀み、これを奇麗に洗い出すのに二リットルの生理食塩水を要した。

虫垂は根部まで壊死《えし》に陥っていたので、盲腸壁を一部削り取る形でこれを切り取り、穴のあいた盲腸壁を二層に閉じる手間を要した。

手術は四十五分で終わったが、生きた心地がしないといった面持ちでひっそりと手術室の前で待機していた若い妻に、事と次第を説明しているうちに四時を回った。志津の夫の来る頃合いだと意識した折しも、病棟から電話がかかった。

正男が案内されたのは一階のはずれの副院長室だった。医事課の若い女子職員が先導してくれた。

部屋は、病棟の個室よりやや広いかな、と思わせる程度だ。夥《おびただ》しい本や雑誌類が本棚やカラーボックスを占め、机の上にも積み上げられている。医学書ばかりかと思ったらそうではない。ドキュメントや文学書の類《たぐい》も結構混じっている。

（どうやら、コチコチの医学者ではなさそうだな）

週刊誌か、精々話題のベストセラーものしか読まない自分の読書範囲の狭さが恥じられた。

部屋のたたずまいに隈《くま》なく視線を巡らしたところで、軽いノックの音がして、間髪を入れずドアが開いた。

入って来た人物が、イメージと随分異なっていることにまず戸惑った。大柄で、押し出しがきいて、眼鏡は多分かけていない。豪放磊落《ごうほうらいらく》、口のきき方もどちらかと言えばぶっきらぼうでぞんざい、対面すれば忽ち威圧されそうな人物を想像していたからだ。

「どうも、お待たせしました」

目の前に立った人物は、白衣をはじくほど腹も出ておらず、上背は百六十七センチの正男よりあったが見上げるほどでもなく、体格は自分と似た中肉で、全体に、恐れていた物理的な威圧感は全くない。

裸眼ではなく、えんじ色のフレームの眼鏡がかかっている。豪放磊落のイメージにはおよそほど遠い。アラブ馬を想像していたが、サラブレッドだった。言葉遣いも、ぞんざいではなく、相手への配慮を充分含んだものだ。

その顔が微笑を含んだ時、一瞬正男は、それをどこか身近で見たような気がしてハッとした。

(俳優の空似《そらに》か……？)

「佐倉です。遠いところをおいでいただいてお疲れでしょう？」

畳みかけられて、正男は〝俳優〟の幻影を追うのを中止した。

「いえ……この度は、家内が無理なお願いを申しまして……」

緊張はほぐれきっていなかったが、強いて笑顔を作った。

手術と症状についてどの程度本人から聞いているか、と医者は問いただした。先生の書かれたものを拝見しましたが、素人《しろうと》の悲しさ、イメージがもう一つ湧かないのです、病状は、早期ではないがそんなに手遅れでもない、と聞いております、と正男は答えた。

医者は予め《あらかじ》用意しておいたのか、机の上に置かれたファイルを取って開いた。

「いきなりこんなものをご覧になると、びっくりされるかも知れませんが……」

開いて見せられたものに、刹那、息を呑んだ。上半身丸裸の女性の写真が何枚もおさまっている。が、なぜか医者は、見開きの半分を雑誌で覆っている。

「これが昔の、と言っても、今でも少なからぬ施設で行われている定型的乳房切断術という方法で乳房を取った後の写真です」

三十代の女性のものがまず目についたが、乳房はまさに根こそぎえぐり取られた感じで、あばらが透けてみえるようだ。反対側の乳房だけを見れば奇麗に丸味を帯びているが、左右見比べるとポツンと取り残された感じで哀れに映った。

四十代、五十代の女性の類似の写真もある。目をそむけたくなった。

そんな心の動きを察知したかのように、医者は反対側の頁の覆いを取った。

「こちらが、私が手がけている一期的乳房再建術の写真です。造化の神にはもとより遠く及びませんが、それでも、乳房が全くないよりはましでしょう？」

作られたという乳房に乳首はなく、形も健側《けんそく》のそれとはアンバランスのものもあったが、乳房らしいふくらみが保たれている。

「奥さんには、昨日、お見せしました」

「あっ、そうですか？　家内は、どのように……？」

「たぶん、ご主人の印象と同じでしょう。期待したほどではない。でも、まるでないよりははるかにましだと……」

「そうですね、異存はございません。是非、こちらでお願いします」

正男は後で見せられたほうの、一番バランスの取れた写真を指して言った。

医者は大きく頷いて、ファイルの次の頁を繰った。

正男は「アッ！」と声を放ちそうになった。左右とも乳首のついた乳房がいくつか目に飛びこんだからである。

「お望みなら、こんな風に乳首は後でつけられます」

医者は乳首の一つを指さして言った。

「後で、と申しますと……？」

半分写真に見惚れたまま尋ねた。

「半年後、くらいがいいでしょう」

「すると、もう一度手術をやり直すということに……？」

「いや、そんな大層なことではありません。再建した乳房にちょっと細工をするだけですから、局部麻酔で、ほんの三十分程で済みます」

「そのことは家内にも？」

「ええ、説明しました」

「家内はどのように……」

「経過次第で考えたい、と言われましたが」

「それでしたら、是非、家内の望み通りに……お願いします」

妻がこの医者を頼ったのは正解だった、と思えてきた。

医者は頷き、さらにファイルを繰った。

「背中の傷は一本の線になります」

半裸体の背と、再建した乳房を真横から撮った写真が現れた。

正男は、背を斜めに走るその縫い傷が何を意味しているのか理解できなかった。

医者は次に解剖書を引っ張り出し、背中の「広背筋《こうはいきん》」という筋肉に脂肪と皮膚を付けて胸のほうへ脇をくぐらせて移動し、乳房を切り取った跡にあてがうのだと説明したが、それがどうして乳房の丸味をもたらすのか、想像がつかない。

「ま、なかなか一般の方にはイメージが浮かばないと思いますが」

と言って医者は解剖書を閉じ、改まった顔で正男を見た。

「いずれにしても、従来の方法ですと、切り取って皮膚を縫い合わせるだけですから一時間そこそこですみますが、再建は結構手間暇を要しますので、その三倍くらいの時間を見ておいていただけたらと思います」

「すると、四時間から五時間、ですか？」

「そうですね。大体、それくらいでしょう」

正男はさらに、麻酔と輸血のことを尋ねた。もちろん全身麻酔で、麻酔医は大学病院から来てくれること、輸血はしないつもりだから用意もしていないと、医者は答えた。

こうした一連のやり取りから、医者が手術には充分自信を持っていると感じ取れた。

「それで、早期ではない、ということでしたが、手術で完全に治るものでしょうか？」

つい今しがたまでなめらかだった医者の口が、すぐに開かれないのを訝った。

「奥さんにはある程度お話ししておきましたが、何も聞いておられませんか？」

ややあって開いた医者の目がかすかに曇ったように感じた。

「ええ、家内は何も……。自分の病院で診てもらった時点では、とにかく手術をすれば助かると言われたから、と、それくらいしか……」

「そうですか」

医者の自問するような口吻に、こちらは不安を募らせた。

「幸い、肝臓、肺、そして、どうやら骨にも、目下のところ、転移はありません。しかし、脇の下に、しっかりとリンパ節を触れます。親指大の大きなものが一つ」

医者は自分の右の親指の先を左の親指と人差し指でつまんで見せた。

「他にも、二、三個、小さなものがあります」

「家内は、そのことを……」

「ご存知ですよ」

「それが、今後の寿命にかなり影響するのでしょうか？」

「そうですね。全く転移がない場合に比べれば、かなり影響します」

「どのくらい？」

「えっ？」

「あっ、もし影響するとして、最大限、どれくらい生きられるのでしょうか？」

この一点こそ然《しか》と問いただされねばと覚悟して出て来たが、いざとなると思うように言葉が出て来ない。

「率直に申し上げたほうがいいでしょうね。そのために来ていただいたのですから」

医者の逡巡は短かった。正男が居ずまいを正すのを見届けると、再びおもむろに唇が開いた。

「三年が一つの山です。次いで五年。そして、十年生きられる確率は、残念ながら十人に二人か三人です」

正男は息を呑み、三、五、十と、耳にしたばかりの数字を反芻した。

佐倉の部屋に入って半時後、正男は疲れ切って退座した。半開きになったドアを挟んで会釈を交わした医者の目が微笑を含んだ時、再び、それと似た眼差しをどこかで見たような気がしたが、ドアがしまった瞬間、思いは別のことに馳せた。

（三年は短過ぎる。五年でも、長くはない。十年生きてくれなければ……）

妻の部屋にとって返す足は、出がけよりはるかに重い。乳首まで形成された写真を見た時の感動もどこかに失せていた。

（いかん、このままではいい話でなかったと悟られる）

階段を上り詰めたところで立ち止まり、呼吸を整えた。


夫のそれらしい足音が近付いて来た時、志津は俄に胸が高鳴るのを覚えた。

一つ二つ軽いノックがして、「どうぞ」と答えるまでもなくドアが開いた。

「お帰りなさい」

斜めに夫を見た。視線が交叉した。

「いやあ、懇切丁寧に説明してくださったよ」

視線はまだこちらとかち合っていないが、弾んだ声にホッと胸を撫《な》でおろした。

「丸々三十分ね」

志津は肩の力を抜いて部屋の時計を見上げた。

「ああ。やはり手術前に来てよかったよ」

佐倉の定席になっていた丸椅子を引いて、夫がようやく視線をまともに向けた。

「どういう手術かも大体わかったし、何より、主治医の先生の人柄が知れたからね」

「佐倉先生の印象、悪くなかった？」

「イメージとは大分違ってたけど、でも、さすがはあんたが見込んだだけのことはあるよ」

「イメージと、違った？」

「まあ、外科医というと、ラフなスタイルで、デップリ太った人を想像するじゃないか。それこそ、ドアなんかもバーンと勢いよくあけて、〝やあやあ〟という感じで入ってくるような人をね」

「それじゃ大分違ったわね。私も大方そんなイメージを抱いて来たんだけど」

（調子に乗って、ぬけぬけと大嘘を言ってる）

志津は自嘲気味に独白を漏らした。

「それがねえ」

夫が腕を組み、不意に改まった面持ちになった。

「最初、顔を合わせた瞬間、はてな、どこかで見たような顔だなぁ、て思ったんだよ」

鎮まっていた心臓が再び音を立て始め、志津は居ずまいを正した。

眠り

夢を見ていた。が、目覚めた時、それがどんな内容だったか思い出せない。佐倉や夫が出て来たことは思い出せる。夫は今現在の夫だが、なぜか佐倉はずっと昔の若い佐倉だった。その二人が何か話し合っているのを自分は遠くから見すえている。夢というのは摩訶《まか》不思議なものだ。

佐倉をどこかで見たことがあるような——と言った夫の言葉が、時空を無視したこの奇妙きてれつな夢の引き金になったのかも知れない。

「テレビで見た俳優さんの誰かでしょう？　石坂浩二とか？　それとも、片岡仁左衛門かな？」

まかり間違っても夫の連想が三宝に行きつかぬよう、赤の他人の空似と思い込ませねばと必死だった。

正男は、いや、石坂浩二じゃない、片岡仁左衛門？　知らないな、などとしきりに首をかしげる。話題をそらさねばと焦った。

「それより、手術の後のことなど、ちゃんと聞いてくださった？」

わざとすねた素振りで言った。

「お医者さんは、本人には直に言えないことも、身内には本当のことを話すものよ。たとえば、正直なところ奥さんの寿命はいくらいくら、なんて話になったんじゃないか、て想像してたの」

「その点は、あんたから聞いていたことと大体同じだったよ」

正男は真顔で言った。意図した通り話がそれて安堵した。

「つまり、早期とは言えないけど、今手術すれば大丈夫だってね」

(嘘くさいな。もっと細かいところまで聞いたでしょ。でもまあ、いいわ)

すべてを言わないのも、夫の心遣いだろうと思い直した。

(もの足りないけど、でもこの人は本質的にいい人なんだわ。あたしのことを本当に想ってくれている)

それに比べ、自分はなんてふてぶてしい罪な女だろう。

（死ぬ前に懺悔《ざんげ》できるかしら？　でも、すべてを打ち明けることはできないだろうな、きっと……）

湖畔のホテルへ戻る夫の背を見送りながら、そっと胸の中で呟いた。

「どう？　眠れましたか？」

回診で部屋に入ってきた佐倉は、目が合うより先にこう問いかけた。ナースが付いているからよそ行きの言葉遣いは仕方がないとわきまえながら、回診でのやり取りはいやでも佐倉との距離を思い知らされる。

「なんだか夢を見ていたようで、浅い眠りだったみたいですけど……」

こちらも他人行儀な口調になるのがいまいましい。

「じゃ、ちょっとデザインをさせてもらおうか」

佐倉の言葉に、ナースがさっとマジックペンを差し出した。

「正座した姿勢で、胸を出してくださるかな」

言葉を補足するように佐倉が志津の肩に手を置いた。

志津はカーディガンを取り、病衣の胸をはだけた。佐倉の左手が軽く乳房に触れ、右手のマジックペンが弧を描いて乳房をなぞった。

　ほんの一分程度の手間だった。

（なんだ、緊張するまでもなかった）

　自分はモデルに、佐倉は画家か彫刻家にでもなったかのような錯覚を、人知れず笑った。

　佐倉たちが去った後、志津はドアをロックして鏡の前に立ち、佐倉がマークしたものを正視した。乳房の形を強調するようなマジックの黒は、子供のイタズラ書きのようで、滑稽《こっけい》にも見えた。切除した乳房の跡に背中から移行してくる代用乳房の高さが本来のそれと食い違わないようにするためのマーキングだ、と佐倉は説明したが、もう一つイメージが浮かばない。写真も見せてもらったが、理解度は夫とあまり変わらないだろうと思った。

（いずれにしても、あなたとはひとまずお別れね）

　志津はそっと右の乳房に手をあてがった。

　若い時には自分でも見惚れたし、佐倉も夫も繰り返し奇麗な乳房だと賛美した。正樹を産んだ後も、乳房の隆《たか》さはさほど変わっていない。

「まさに造化の神の傑作だ」

佐倉に後ろから抱きかかえられたまま、鏡の前に裸身をさらされ、こんなふうに耳もとに囁かれたことも幾度《いくたび》かあった。

「いつまでも、このままであって欲しい」

その重みを確かめるかのように、背後から掌《たなごころ》でそっと志津の乳房を押し上げ、後《おくれ》毛《げ》を顎でかき上げて項《うなじ》に唇を這わせながら佐倉は囁き続けた。

「それは、無理よ。もう一人二人子供を産んだら、見る影もなく萎《しぼ》んで垂れちゃうわよ」

男の愛撫にのけぞりながら、志津はこんなふうに返した。半ば冗談のつもりだった。だが、

「子供……?」

とすかさず返して佐倉は気色ばみ、鏡の向こうで志津を睨《にら》み据えた。

「子供は、できないはずだろ?」

志津は（あっ!）と胸の裡で叫んだ。乳房が痛いほど摑まれたからではない。自分が吐いた言葉の不用意さに気付いたからだ。

「ええ……もちろん――ないわ」

突き刺すような鏡の中の男の目を、一瞬かわしてから、再び見返した。

「もし産むとしたら、先生の子よ」

乳房にこだわって子供云々《うんぬん》と口走ったことに他意はない。一般論として言ったつもりが、妙に勘ぐられたことこそ不本意だった。

子供はひとりで充分とは、もとより思っていなかった。夫も、せめてもうひとりは欲しいと、情交のさ中によく口走った。まだ早いわ、と返しながら、出来たら出来たでいいかな、と考えたりもした。

だが、佐倉との出会いは、そうした逡巡を完全に絶ち切った。別の男を愛した以上、もはや夫の子供を産むことは考えられなかった。産めば、それは即佐倉の愛を失うことにつながるだろう。

夜の床で背を向けることが多くなった妻に、夫は苛立ちを見せ始めた。

「そろそろいいだろう？　もうひとり子供を作ろう」

正男はしきりにこう迫った。妻の気持が何故か離れていっている、その絆の危うさを、新たな命を得ることで取り戻したい、そんな焦りがいやというほど読み取れた。

「そうね。でもまだしばらくは駄目。教育委員会ができて、カリキュラムの作成から実地指導まで、何もかも負わされてしまったから」

苦し紛れに嘘を捻《ひね》り出し、看護雑誌を積み重ねて夫との間に壁を築いた。

夫は酔って帰ることが多くなった。志津は夢うつつで起き出し、ちゃんと施錠されたか玄関のドアを確認に立ったが、脱ぎ捨てた夫の上着から濃い香水の匂いが鼻をついて、クラブの女の源氏名が書かれた名刺が出てくることもあった。

だが、夫がどこで何をしようと、咎める条理は全くない。気付かぬ振りを決めこんだ。

運命の岐路は、それから半年ほどして訪れた。夫も、子供も、親も、何もかも捨てて自分とここを出て欲しい、と佐倉が迫った時に。冗談ではなく、本気だと知れた。辞表を見せられたからである。

外科のスタッフは三人で、チーフは四十代後半、職人気質《かたぎ》で気難しく、他人に余り寛容ではなかった。二番手は三十代後半、温厚な人柄でひたすらイエスマンに徹していたが、陰では結構上司への不満を漏らしていた。

佐倉は一番若手だったが、納得のいかない指示には逆らった。自分は、その指示が学問的に正しいかどうか、患者のためになることかどうかを議論の根拠に置いているつもりだが、上司は、経営的配慮や自分のメンツや立場を論拠に、それも多く私情を交えた言葉を返してくる。それがいやでたまらないのだと、いつの頃からか志津に鬱《うっ》憤《ぷん》をぶちまけるようになっていた。

「たとえば、虫垂炎《アッペ》でもさ」

と、ある時佐倉は興奮気味に言った。

「部長は開業医から紹介されてきた患者は皆切ってしまうけど、十例中二、三例はほとんど何の所見もないんだよ。術後に触診して疑問を抱いたことが再々あって、もう少し適応を選んで切るべきじゃないか、と訴えたんだけど、それじゃ紹介医のメンツが立たんだろ、患者には手術適応だと言ってこっちへ送ってきてるんだから、て、信じられない言葉が返って来たんだよ。それに、虫垂なんて無用の長物だから、切ったってどうってことないだろう、てね。ところが、学生時代病理学の講義で専ら免疫の研究をやっている教授が、外科医はやたら虫垂を切るけれど、小粒ながらあれは免疫に関わる重要な器官で、正常なものを切ってしまうと体質が変わったりしかねない、決して安易に切るべきものではない、て喝破したんだよ。それを引き合いに出してもね、馬耳東風、まるで聞く耳を持たないんだ」

(この調子では、いつか爆発するな)

佐倉の最後通告は、そんな危惧を覚えて間もなくのことだった。情交のさ中にも佐倉はどこか醒めている、と感ずるようになったのは、そういえば上司に対する愚痴がかなり深刻さを帯び始めてからだと思い起こされた。

自分はその真摯《しんし》な思いに何としても応えなければならぬ、自分の佐倉への思いもまた、人生を、命を賭けたものであることを示したい——輾転反側してうたた眠れぬ夜々を過ごし、長い懊悩《おうのう》と煩悶《はんもん》の果てに、ようやく志津は思いを定めた。そうして、佐倉の子を産むことを決意した。いかなる背徳のそしりを受けようと、生涯に一度の恋の証《あかし》、身を切られるような離別の代償として——。


(ごめんなさい、あたしの罪のとばっちりを受けて……)

追憶から我に返りながら、志津はもう一度慈むように右の乳房へ手をあてがった。

(でも、新しいオッパイになって、戻ってきてくれるのよね)

声にならない独白を重ねてから鏡の前を離れ、ベッドに横たわった。

不思議に、気分は落ち着いていた。窓からは青い空がのぞき、ほのかに漂いくる微風に春が息づいている。

自分はきっと生きて帰れる——病衣に包み直した胸に、確かな希望が点《とも》った。

ほどなくして夫が姿を見せた。ノックの手がノブに移ってドアをゆすったことで、鍵をかけたままベッドに戻っていたことに気付いた。

「なんだい、おめかしでもしてたのかい？」

夫が軽く訝るのへ、

「その反対よ」

とさり気なくいなした。

「手術を受ける患者はお化粧はご法度《はっと》だから、これから落とそうと思ってたとこ」

「だったら、わざわざ化粧なんかしなくてよかったのに」

正男がいくらか皮肉っぽく返した。痛いところを衝かれたと思わず苦笑した。

前夜、ご機嫌伺いにと言って部屋に現れた石川から、明日は化粧は落としておくようにと言われた。その場では「はい、心得てます」と素直に頷きながら、佐倉に素顔を見られるのがいやで、朝食の後、そっと薄化粧を施したのだ。

「女の人はね、死んでもお化粧をするのよ。どんなおバアちゃんでも」

うまく逃げたつもりだったが、夫は眉をひそめた。

「縁起でもない。これから手術だというのに」

「ごめんなさい。そういうつもりじゃ……」

夫の生真面目な反応こそ意外、夫こそ少し気が立っている、と思った。

「ほんの冗談よ。大丈夫、もうなんの不安もないから」

「もちろんだよ。手術の後も、麻酔からはすぐ醒めるって先生もおっしゃってたから」

夫は懸命に自分を励まそうとしてくれている。その気持は痛いほど伝わってくる。

化粧を落としたところで、タイミングよくナースが現れた。点滴のボトルを一本下げている。

「血管、出にくくって、ごめんなさい」

腕を差し出しながら志津は言った。だが、ナースは見事に一度で血管を捉えた。

「お上手ね」

世辞でなく、素直に褒め言葉が出た。

「いえ……大先輩なので、緊張しました」

安堵の笑顔を見せて背筋を伸ばしながら彼女は言った。

点滴が三分の二ほど終わりかけたところで、再び先刻のナースが現れた。

「入室三十分前ですので……」

頷き返した志津の上腕に麻酔の前投薬が打たれた。

ほどなく、意識がボーッとかすみ出し、得体の知れぬ浮遊感とともに、周りの人間や物体がおぼろになった。

病室から手術室に搬送される時にベッドの周りの人の動きや、手術室で佐倉、他にもうひとりふたり、見知らぬ男たちの顔が行き交うのを、夢うつつの出来事のように眺めていた。ただ、佐倉の目をしかと見定めようと一度懸命に目を見開いたことだけはずっと後まで覚えていた。

無影灯

無影灯が点り、志津の裸身が照らし出された。グリーンのシーツに隈取られて、肌の白さときめの細かさが際立った。

「勿体ないな、こんな奇麗なマンマを」

浅沼がボソリと言った。

「うむ……」

佐倉は、マスクの下で声をくぐもらせた。

「聞きしに勝る麗人《れいじん》じゃないか」

手洗い場で肩を並べるや、ミラーでこちらを窺《うかが》い見ながら浅沼が口にした言葉が脳裏に蘇っていた。

「とても我々と同年配とは思えん」

「マンマを切り取っておしまいにするのは忍び難いだろう？」

佐倉は鏡には目をやらず、手洗いのタワシを当てている自分の腕のあたりに視線を落として言った。

「確かに。色の白さから言っても秋田美人の典型に見えるが、生まれはこっちじゃないのかい？」

「宮城の名取だよ。生まれも育ちも、確か、そのはずだが……」

「ふーん」

少しばかり納得がいかぬ、といった口吻だった。その目がまた何か問いたげにミラーの自分に注がれるのを煩《わずら》わしく感じて、佐倉はいつもより早目に手洗いを切り上げた。

あまたのレパートリーの中で、乳癌の手術は佐倉のあまり好むものではなかった。手術のテクニックそれ自体にさして抵抗を覚えるわけではない。むしろ、よほど下手なことをしでかさない限り命に関わる危険性はない、という点では消化器系の癌のそれよりも気楽である。抵抗を覚えるのは、それが女性の美をいたく損なう〝傷害〟的要素を多分に帯びた手術だからだ。内臓はどこをどう切り取り、極端な話、少々粗暴に縫い合わせても外見には何ら影響を及ぼさないが、乳房はそうはいかない。

志津と二年余をともにした名取の市立病院で、初めて乳癌の手術についた時、佐倉は目をそむけたい衝動に駆られた。若かったせいもあるが、自分の恋人なり妻なりがこんなふうに乳房を筋肉ごと根こそぎ切り取られたら、果たして彼女を愛し続けられるだろうかと自問に駆られたものだ。

最も凄惨《せいさん》な記憶は、婚約者のいる二十代後半の女性が両方の乳房に同時に癌を発見されたケースである。

「乳房がなくても子供は産めるが、しかし、結婚生活は、それだけで足りるものでもなかろうし、もし婚約を解消するなら今のうちだと思うが」

上司は密かに相手の男性を呼んで、クールにこう言い放った。

「いや、俺としては親切心で言ったつもりなんだがね」

婚約云々まで言わなくてもよかったんじゃないでしょうか、と佐倉が後で疑問を投げかけると、上司は悪びれずこう答えた。

「フランスの啓蒙思想家ジャン・ジャック・ルソーが晩年に書いた膨大な『懺悔録』の中でこんなことを書いているよ。ある伯爵夫人と懇意になったが、男と女の関係にまではどうしても発展しなかった。何故なら彼女にはほとんど乳房がなく、乳房のない女にエロス的感情は湧かなかったからだ、と。ルソーの奴、石部金吉《いしべきんきち》みたいなコチコチのモラリストかと思ったらとんでもない、女の体についてもちゃんとひとかどの注文をつけてるんだ。まして俗人の男においてをや、すべからく乳房にはこだわりを持っているはずだ、と思ってね」

「はあ……」

佐倉は曖昧に返したが、自分も無論例外ではない、と胸の奥で呟いていた。

「ところが」

と、上司は指を立てて顔の前の空気を払った。

「彼氏は違うんだ。婚約は解消しません、約束通り結婚します、と言い切ったんだよ。それより、手術してどれくらい生きられるでしょうかってね」

「立派ですね。僕には到底真似はできません」

これも率直な発言だった。

「ただ者じゃないと思ったら、どうやらクリスチャンらしいんだな。教会で知り合った間柄らしい。いやはや、宗教の力ってのは恐ろしいもんだと思ってね」

宗教を持たない佐倉は、そういうものかと半分醒めた心持ちで聞き流した。

その女性の両乳房を切り取る手術には、できることなら関わりたくないと思った。もっとも〝乳房〟と言えるほどのふくらみはなかった——だから癌の発見は容易だったのだが、それにしても、これはもはや〝手術〟というものではない、女の性まで切り取ってしまう、まさに〝傷害〟そのものだ。

右の乳房の切断を終えた上司は、何を思ったか、左はお前がやってみろと不意にメスを差し出した。アシストだけでもウンザリしていただけに、「いや、結構です」と

いう言葉が喉元まで出かかった。が、普段は術中も饒舌なくらい喋る上司がいつにな
く寡黙《かもく》で手だけ動かしている様子から、上司もこの手術にはいい加減辟易しているの
だと思い直し、素直にメスを受け取った。
「乳房の再建術をやったらどうでしょう？」
と佐倉が提案したのは、それから間もなくだった。たまたま立ち寄った医学専門書
店で、「特集・乳房再建術」の見出しを形成外科の月刊誌に見たのがキッカケだった。
雑誌を買い求め、上司たちに示した。
「一度この執筆者のどなたかに来てもらって、デモンストレーションしていただいた
らどうですか？　本邦でも乳癌はふえつつありますから、いずれ欧米並みに〝再建
術〟の需要は増すと思いますが」
だが、上司たちは首を縦に振らなかった。「乳癌」と診断をつけたが最後、乳房は
胸筋もろとも合併切除する「定型的乳房切断術」を金科玉条《きんかぎょくじょう》のごとく信奉していたか
らである。彼らはこともな気に言った。
「こんなのは、リンパ節転移や局所再発を軽視する連中の考えることだよ」
佐倉は反論した。局所再発は骨や肺、さては肝臓への遠隔転移に比べればはるかに

少ないこと、局所のリンパ節転移には放射線が有効で、しゃかりきになってリンパ節を郭清《かくせい》する必要はない、とこれらの論文には書かれてあるし、そこから孫引きした外国文献でも、胸筋を温存する「非定型的乳房切断術＋放射線治療」と、従来の「定型的乳房切断術＋広汎リンパ節郭清」の成績に差異はない、と書かれてある――。

だが、外国文献はおろか、国内の学術誌にも陸《ろく》に目を通したことがない上司に進取の精神を求めたとて無駄であった。

この一事だけで躓《つまず》いたわけではないが、過去の貯金でどうにかその日その日を凌《しの》いでいる上司たちに佐倉は失望を深めていった。ここでぬるま湯に浸っていては、自分の進歩もないと考え出した。

病院への未練は薄れていったが、唯一後ろ髪を引かれるのは志津のことだった。踏んぎりを付けなければならなかった。

自分は東京へ出る、夫と子供を捨てて一緒に来てくれるか、とある日、佐倉は迫った。志津は、一か月、考える時間を与えてほしい、と答えた。

一か月後、佐倉の宿舎での情交の後、一緒には行けない、と志津は答えた。その目に溢れ出た涙を見て、佐倉は返す言葉を失った。

大学に戻る気はなかった。広く深く外科道を究めるためには大学は不適だと考えていたし、志津と別れる以上、仙台界隈からは遠ざかりたかった。

東京に、伝《つて》があった。臨床実習《ポリクリ》で同じ班となり親しくなった同期生が内科医として勤めていた公立病院に勤めることができた。

週一日の研修日が与えられていて、佐倉はそれをフルに活用した。都内の主だった病院に足を延ばし、医学雑誌で読み知って国手《こくしゅ》と見込んだ外科医たちの手際を見て回った。「乳房再建術」を手がける形成外科医の門も叩いた。

そこにいた十年の間に、佐倉はそうして国手たちの技術を盗み取り、自らのレパートリーを広げていった。

この間に、塩釜の両親の勧めで何度か見合いをした。地元で薬局を開いている薬剤師の娘嘉藤品子がまずまず気に入って結婚した。

郷里の塩釜に帰ることを考え出したのは、年老いた両親が孫の顔を見たいとしきりにせがむようになったからである。その頃には、佐倉は外科でナンバー2にまで昇進していて、自らの裁量で形成外科医を招いて「乳房再建術」も手がけられるまでになっていた。

塩釜に、民間病院だがベッド数二百床のかなり大きな病院がオープンする、医者を求めているらしいから一度当たってみたらどうかと、これは品子の父親からの情報だった。期せずして佐倉は、その新設病院の「医師招聘《しょうへい》」の記事をその筋のジャーナル誌に見出して目を奪われたばかりであった。全国にいくつもの病院を持つ鉄心会というグループが東北では初めて建てる病院という触れこみだったが、創始者の徳岡鉄太郎《とくおかてつたろう》が書いたものを以前に読んで感銘を受けた記憶があった。偶然とは思えぬこのめぐり合わせに、何かしら運命的なものを感じた。

運よく、外科のチーフを求めていた。四十歳で、佐倉はようやく外科医のトップに立った。そこで初めて彼は自力で乳房の再建術を手がけ、成功を収めた。「乳房切断術」から久しく払拭《ふっしょく》し切れなかった〝傷害〟のイメージが、そうして次第に薄らぎ、やがて、乳癌の手術に抵抗を覚えなくなった。

志津の乳房切断は一時間足らずで終わった。術前の触診で触れたものの他に三、四個、一センチ径ほどの固い、肉眼的にも明らかに転移と思われるリンパ節が潜んでいた。

「ちょっと厳しいな」

浅沼が、佐倉の操《あやつ》るメスにすくい上げられたリンパ節を見咎めた。

「うむ……」

佐倉は浅沼の視線を額のあたりに覚えながら口ごもった。

「しかし、II群はなさそうだから、ギリギリステージIIかな」

「じゃ、五年は大丈夫か？」

「まあ、三年が最初の節目だろうね」

「三年じゃあ、これだけの麗人、ちょっと気の毒過ぎるぜ」

佐倉は押し黙った。

手術は順調に流れていた。

乳房切除を終えると、乳房の白い腫瘤塊《しゆりゆうかい》から一センチ立方の切片を切り取った。看護婦がそれをガーゼに包み込み、予め用意しておいたアイスボックスに納めた。卵胞ホルモンと黄体ホルモンに対する癌の感受性を調べ、術後のホルモン療法の目安とするためである。

次いで志津の体は左側を下に横向きに転じられた。挙上された腕の付け根から握り拳《こぶし》一つの距離を置いて、マジックインキで佐倉は弓形の線を左右対称に描いた。長径二十センチ、短径八・五センチと数値を書き入れたところで、待機させておいたX線技師にそのデザインを撮らせた。

「そうだ。去年俺が初めて前立ちさせてもらったマンマの患者はどうしてる？　もう一年になると思うが……」

佐倉と真向かいで新たな術野を消毒しながら、浅沼がふと思い出したように問いかけた。

「今のところ元気だよ」

「あれは、放射線治療《イラディエーション》をやったんだったっけ？」

「ああ、大学病院でね」

会話は束の間、それで終わった。

デザインしたマジックのラインに沿ってメスを走らせると、再び流れるようなリズムで手術は進んだ。

代用乳房として用いる広背筋皮弁《こうはいきんひべん》は、胸背《きょうはい》動脈という一本の動脈が栄養動脈となっている。これをウッカリ傷つけたら元も子もなくなる。さすがにこのあたりは慎重に剝離《はくり》を進めたが、それでも三十分でで き上がった。筋皮弁を取り除いた跡の欠損部は、皮膚を寄せて二層に閉じる。最初は太いヴァイクリール糸を皮下にかけて寄せるが、タイトに寄せるには相当な力が要る。浅沼も当初はこれに手こずり、佐倉が手本を示して要領を得た。弾力性に富んだ男性的な皮膚の持ち主や肥満体の女性ではかなり手こずる。だが、今回は浅沼はさほど苦労していない。

「なるほど、柔肌は寄りが違うな」

何本か糸を締めたところで浅沼が言った。

「わかってもらえたかい」

佐倉が目だけで笑った。

一番の手間暇は、脇の下をくぐらせて乳房欠損部に移行した広背筋皮弁を胸筋と胸壁の皮膚に縫い合わせる作業である。だが、これも一年前の患者の時より格段にスピーディに流れている。

「先生、今日は早く終わりそうですね」

あと数針で終わり、と見届けて、外回りの主任が明るい声を放った。

佐倉は時計を見上げた。浅沼も背後を振り返った。時計は五時三十分を示している。

「執刀、何時だった？」

浅沼が尋ねた。

「二時一分です」

麻酔医がすかさず答えた。

「三時間半か！　早いな」

浅沼は佐倉に向き直った。

五分後、手術はつつがなく終わった。

乳首はないが、乳房らしいふくらみを保った筋皮弁が無影灯の下に白く浮き出た。

ゆっくりとマスクをはずし、佐倉は満足げにそれを眺めた。

疑　念

「よかったら僕の家へ来ない？」

という羽鳥宏の誘いに言葉を濁し、結局三宝はまた青葉城址で落ち合うことを求めた。

手術が成功したとの朗報は父から届いていたから、母が秋田に去って以来重苦しく胸に淀んでいたしこりはほぐれたが、それでもまだ有頂天になってはしゃげる心境にはほど遠い。どちらかといえば人見知りする自分の性格をよくわきまえていたから、母親の病気のことが四六時中頭から離れない状況で見知らぬ家を訪れ、見知らぬ人間と対面するのは億劫《おっくう》に思われたのだ。

宏は残念がったが、ほどほどのところで折れてくれた。

「そうだね。春だもんね。外の空気を吸いながら話したほうが気持いいよね。それに、桜もそろそろ満開だし……」

東京ではほとんど散ってしまっていたが、仙台に帰ってみると、なるほど至るところ桜が爛漫《らんまん》と咲き誇っている。自然までが母の手術の成功を祝福してくれているように思えて、久々に頬が緩んだ。

宏から電話があったのはその二日前のことだった。

「随分長いこと話し中だったよね？」

シビレを切らしたような口ぶりで宏は言った。

「ごめんなさい、父や兄と話してたので」

父親は、母の手術が無事終わったこと、意識もしっかりしていて、呼んだらちゃんと目を開き返事をしたこと、だから一両日中には安心して帰れそうだと、興奮気味に、一気にまくし立てた。

むしろ正樹との電話が長引いた。お母さんの手術がともかく無事に終わったお祝いを三人でしよう、名取の家まで帰るのが億劫なら、自分がそっちへ行ってもいい、上野駅あたりででも落ち合って食事をしないか、という父親の提案を、さてどうしたものかとあれこれやり合っていたからである。

正樹は、父さんに上野まで来てもらおうよ、と主張したが、三宝は抗《あらが》った。東北大の医学部に入った同窓生に〝乳癌〟に関する情報を手に入れてくれるよう頼んであり、あさっては仙台でその同窓生と落ち合う約束がある旨を告げた。何も急ぐ必要はないんじゃないか、一週間延ばしても支障はないだろう、と正樹は言った。でも、こちらから頼んだことだし、それなりに向こうは急いでもくれたんだから、今さら断れない、と三宝は言い張った。

「じゃあいいよ。今回はお前だけ帰りな。お母さんが退院の時、どうせ帰ることになるんだから」

最後は少し剝《むく》れたように正樹は言った。兄はどうやら土、日の時間を惜《お》しんでいる、と感じた。正樹には付き合っている女性がいるらしい、もし東京へ行くことになったらそれとなく探りを入れてみて、と、何か月か前に母から耳打ちされたことを思い出していた。

(名取へ帰ったら土、日がつぶれてデートができなくなる。だから、渋ってるんだわ)

三宝はこう勘ぐって、「いったい、お母さんと彼女とどっちが大事なの？」と問いつめてみたい衝動にも駆られたが、よくよく考えてみれば自分も宏に早く会いたい思いで帰省のほうに傾いているのだ。一方的に兄を咎め立てするのは筋違いだと思い直した。

「いいわ。じゃあ、帰ったらまた報告するから」

これで電話を切ったが、ざっと二十分近くも話していたことに気づいた。

携帯を耳から離すや否や、宏からの電話だった。

宏は「乳癌取扱い規約」と書かれた比較的薄いB5判の冊子を取り出した。

「同級生がね、医者になりたてで外科の研修医をしている兄貴から借りてきてくれたんだ」

「わざわざ、ありがとう」

「いろいろ記号めいたものが並んでいてなんのことかよくわからないと思うけど……」

三宝が手に取った冊子に宏が腕を伸ばして頁を繰った。

刹那、宏の肩が触れ、相手の息遣いを耳元に感じて三宝は思わず上体をすくめた。

「たとえば」

と宏の指がすべってクロスワードパズルのような図を指した。三宝は頰に、空気よりも熱いものが掠めるのを覚えた。

「このTNM分類というのは、Tが癌のこと、Nはリンパ節、Mは他の臓器への転移のことを表していて、Tはその大きさ、Nはその有る無しと、有るならどこの部位にあるかで、Mは有る無しでこんなふうに」

と、宏は図の解説文に指をずらした。

「Tは0から4まで、Nは0から3まで、Mは0と1に分類され、その組み合わせのいかんで病期がいくつかの段階に区分されているらしいんだよ」

「もちろん、Ⅳが最悪なのね？」

「ああ、でも、癌がどんなに大きくても、リンパ節にどんなに転移があっても、それだけでⅣ期になることはなくって、他の臓器への転移がある場合に限られるんだよ」

「他の臓器、というのは……？」

「それはね」

宏はやおら胸のポケットから手帳を取り出し、パラパラと繰った。

「乳癌が一番転移しやすいのは骨、なんだって。それから、肺、肝臓、反対側のオッパイらしい」

(母の癌はどの段階だったのだろう？)

関心はそこに尽きた。宏と初めてここで語らった日の夜、浴室で否応なく触れさせられた母の乳房のしこりを思い出した。

(大きさは、五センチもなかったはずだけど……)

五・一センチを越えるとＮやＭがゼロでも病期はⅢになる、とする「ＴＮＭ分類」の表に見入りながら、あの時、臆せずもっと念入りに母の乳房に触れておけばよかった、と後悔した。

「リンパ節、というのは、どこのリンパ節かしら？」

母の病期がどのあたりかを大ざっぱに知りたかった。

宏がまた頁を繰った。

「ここに、Ｉ群、II群、III群、と書いてある……」

「この、内側、外側、というのは……？」

示された表をなぞる指が、宏のそれと絡み合いそうになって思わず指を引っこめた。

「内側というのはつまり、オッパイを縦に二等分してこちら寄り」

宏は胸の真ん中に手をやった。

「外側は反対側、つまり、こっちだね」

宏の手が胸の脇に移った。

「で、腋窩、ていうのは脇の下のことなんだよね」

宏は自分の脇へ手をやった。三宝もつられるように自分の脇の下へ手をあてがったが、そこに生温かいものを感じて思わず腕を引いた。

「普通はあっても小さくて柔かいから触れないらしいけど、癌がリンパ節に転移すると腫れて硬くなるからわかるそうだよ」

宏はさらに手帳を繰った。恐らく、同級生の兄という新米の医者から、直接か間接か聞きかじって得た知見を書き記したのだろう。宏の誠意に感謝した。

とにかく、母親の病状がどの程度なのかを知りたい。「T.N.M分類」で三宝が辛うじて把握し得ているのはTの因子だけである。NとMについては知るよしもなかったし、父親からは何も聞かされていなかった。だが、父は恐らく手術前後に担当医から、今自分が宏から得た情報くらいは聞き及んでいるはずだ。

「ところで、その、知人、ていう人だけど……」

宏が不意に改まった。

三宝は僅《わず》かに頭をめぐらした。視野の中に入った宏の目が、しっかと自分に凝らされている。

「ひょっとして、君のお母さんのことじゃない？」

意表を突かれ、うろたえた。相手の視線を受け止めるのがやっとだった。

「やっぱり、そうだったんだね？」

確信に満ちた目で宏は言った。

「ごめん。そうでなければいいがと思いながら、どうしても確かめたくって……」

三宝は顔を上げられない。母のことを強く思い出したのと、宏の心遣いが胸にしみて、我知らず熱いものが目ににじみ出たからである。

「でも、どうして母のことだと……？」

自分の膝元に視線を落としたまま、三宝はようやく沈黙を解いた。

「だって、君のお母さんはベテランの看護婦じゃない？　もし乳癌の患者が単なる知人だったら、僕なんかより、真っ先にお母さんに聞けばいいことだものね」

(言われてみればその通りだわ！)

あっさりかぶとを脱いで頷いていた。

「もっともね、きっとそうだと思いついてからも、まだ半信半疑だった。なぜって、君と初めてここで落ち合った日、家まで送っていったよね？」

「ええ」

「その帰り道で、お母さんらしい人とすれ違ったんだよ。君の家に入っていかれたから間違いないと思うけど、背筋がシャンと伸びて、さっそうとした足取りで、とても病人には見えなかったことを思い出してね」

確かに母の外見は健康人と変わらなかった。口の端《は》に乗せることさえいまわしい

「癌」などにとりつかれているとは、秋田へ発つその日になってもおよそ見えなかった。

「でも、あの時母は、自分の病気のことをもう知っていたのよね」

宏は、ゆっくり、二つ三つ頷いた。

「それで、お母さんは今どちらに？　勤めておられる病院で手術を受けられるのかな？」

戸惑った。事実が知れれば突っ込んだ話になるとある程度覚悟していたが、その日がこんなに早く訪れようとは思ってもみなかったからである。

「手術は、もう受けたの」

これも事実であるからごまかしはきかない、と自分に言い聞かせてから答えた。

「えっ、いつ？」

「おとつい、金曜日」

「おとつい？　ああ、僕が電話した日だ。長電話はそのためだったんだね？」

「ええ……」

「それで、手術は無事に？」

「お陰様で」

宏は三宝の目を探った。本当だろうね、とでも問いかけるように。

三宝は相手の視線をしかと受けとめて、（本当です）と胸の中に吐きながら頷いた。

「よかった！」

強い眼差しが安堵の表情をたたえて緩んだ。

「で、手術はどこで受けられたの？　もし近くならぜひお見舞いに行きたいんだけど。そうだ、なんなら今からでも」

思い立ったが吉日、と言わんばかりに宏は畳みかけた。

「ありがとう」

呟くように小さく返したが、目は相手から半分逃げている。

「でも、近くじゃないの。母は、遠いところで手術を受けたのよ」

「遠いところ？　仙台でもない、てこと？」

「ええ……」

地元の名取でなければ仙台だろう、と勘を働かせていたことが相手の口調から読み取れた。

「そうか、東京だねっ！」

当たりだろ、とでも言うように確信に満ちた目が即答を要求している。

（もういいわ。どうしたって嘘はつけない）

三宝は観念し、東京でもない、秋田の、それも青森との県境に近い病院であることを告白した。

「どうしてまたそんな遠いところへ？」

見知らぬ町のこと、病院のこと、そしてそこに、佐倉という外科医がいて、母はその人を頼ってそこへ行ったのだということを洗いざらい話した。

宏はしきりに不思議がった。北の地の、そんな辺鄙な、しかも斜陽の鉱山町に、地元のがんセンターや仙台の大学病院、さては東京にいくつもある有名病院の医者に勝《まさ》って、三宝の母親の信頼を勝ち得た医者がいるとは到底信じられない——さすがに露骨な表現は避けながら、言葉の端々にそんなニュアンスが嗅《か》ぎ取れた。

「お母さんは、ひょっとして、その先生を前から知ってらしたんじゃないのかな？」

散々首をかしげた挙句宏の口を衝いて出た言葉に、また不意打ちを食らった思いで三宝は唖然として相手を見返した。

離床

術後の回復は順調だった。

手術の翌日には、夫に支えられはしたが、ほぼ自力でトイレに立った。

翌々日は、もう安心だね、大丈夫そうだから予定通り帰るよ、と言い残して名取に発つ夫を玄関先まで見送るまでになった。

三日目になると、早くも退屈の虫が疼き出し、佐倉の回診が待ち遠しくなった。

佐倉は相変わらず律儀に一日二回診に来てくれた。回診は、外来のない日は午前中だが、外来日は午後となる。志津には前者のほうが好ましかった。後者の場合は、朝外来に出る前にチラと顔をのぞかせるだけで午後二時過ぎの回診で包交（包帯交換）となるのだが、それが終わると、後はもう佐倉の姿を見ることはないからである。

もっとも、佐倉のそれに相違ない足音や声をドアの向こうに捉えて呼びとめたい衝動に駆られる時がある。しかし、ナースたちの声も飛び交うそのあわただしい雰囲気から、自分よりもっと手のかかる患者に追われているのだと察して、耳を澄ませるだけで、ドアを開きたい思いをひしとこらえてきた。

「創《きず》は、見たくないのかな？」

ガーゼを除き、縫合創を消毒する時、瞼を閉じたまま身じろぎ一つしないでいる志津に、術後四日目の朝、佐倉は顔をのぞき込みながら言った。

「ええ、抜糸がすんで、この袋も取れたら、ゆっくり見させていただきます」

背中の縫合創の下と脇の下に置いた排液用のチューブが二本、胸壁を貫いてヘモバック（細いチューブに接続して傷口から出る浸出液をためる袋）につながれている。離床の際はそれを手に下げていくわけで、唯一不自由をかこつのがこのヘモバックであった。

手術翌日にはバックに二〇〇ccほどの血性液がたまって不安に駆られたが、

「心配ない、これくらいは普通だよ」

という佐倉の一言に安堵した。

「そのうち薄くなって二、三十cc程度になったら抜ける。だいたい、一週間がメドだが……」

そう言えばそうだったと古い記録が蘇った。外科病棟に勤務していた頃、乳癌の患者も時々は看た。佐倉が批判した昔ながらのハルステッド法で、胸の筋肉までゴッソりえぐり取られた跡にこの種のヘモバックが取りつけられていた。

創は見なかったが、ピンセットに捉えられた消毒綿球の軽いタッチで新しい乳房のふくらみを感じ取ることができた。

五日目に生理が始まった。きちんと二十八日周期で来ていたから、予定通りなら手術日と重なりそうで、尾坂へ来て二、三日目にその懸念を佐倉に漏らした。

「ぶつかっても、オペには別段障《さわ》りはないよ。ベッドに縛りつけられるのは一日だけだから」

と、佐倉はこともな気に言った。

予定が狂って、そろそろ始まらないとおかしいな、と訝り出したのは、まかり間違ってもそんなはずはないが、万に一つ、妊娠の可能性に思いを馳せたからである。

秋田に発つ前夜、正男は志津の乳房を求めた。さすがに患側の乳房にはそっと触れただけだったが、左のそれは激しく愛撫した。

愛撫はむろん乳房に留まらず、正男の手は股間に伸びた。

「駄目よ」

と志津は夫の手を押さえて抗ったが、無下に拒《こば》めなかった。

翌日に再会する佐倉の顔が浮かんだ。その佐倉にか夫にか、いずれにとも知れず罪の意識を覚えながら、志津は抵抗を諦めた。

その実、交合のさ中思い浮かべていたのは常に佐倉とのかつての日々のそれだったのだが。

排卵日のはずはなかったし、スキンに不備があったと、少なくとも夫の口からそんなことは漏らされなかったから、よもやとは思ったが、これまで三日と狂わないできた生理の遅れに、一抹《いちまつ》の不安は拭い切れないでいたのだ。

「明日は糸を抜くよ。ヘモバックも抜けるだろう」

志津の思惑などどこ吹く風と、佐倉は陽気に言った。

「えっ、もーお？　まだ一週間にならないけど……」

第三者を伴わず、佐倉がひとりで来てくれる時こそ待ち焦がれる瞬間だった。よそ行きの言葉遣いをしなくてすむ、それだけで気持が安らいだ。

「極細《ごくぼそ》の糸で、皮膚を寄せるだけのものだからね。今朝抜いてもよかったんだが……」

午前の回診に付いた看護婦がガーゼをはがしにかかった時、佐倉は外来から呼ばれた。大学から来ている非常勤の若い医者が、アッペの疑い濃厚な患者が来ているのでオペすべきかどうか判断して欲しいと言う。

佐倉はそそくさと消毒をすませ、ヘモバックを一瞥《いちべつ》し、

「順調、言うことなし」

と言い放つなりあたふたと部屋を出て行った。あっという間の回診に、こちらは中途半端な気持で取り残されたのだった。

「病理の結果は、まだ出ません？」

抜糸がすみ、ヘモバックも取れれば、後は脇の下に十五、六個、胸の大小の筋肉間に一、二個あったというリンパ節の転移のいかんを待つばかりだ。

「もう三、四日かかるかな。何せ往復するのに二、三日はかかるからね」

標本は大学病院の病理へ送ってあるという。

「もし転移がたくさんあったら、やっぱり放射線か、抗癌剤？」

「そうだね。抗癌剤は経口でいいだろう。術後で免疫能が落ちているところへ点滴なんかで強烈なのをやると、せっかくの緑の黒髪も損なわれてしまうからね」

佐倉は志津の頭を指さした。こちらは苦笑した。

「とっておきのお世辞も、昔ならいざ知らず、今は素直に聞けないわ」

「どうして？　その髪ばかりは昔とさほど変わっていないよ」

「あらあら、髪ばかりはって、本音が出たわね。どうせ他はもうおばあちゃんになりましたからね」

剝《む》れて見せたが、

「あはは」

と佐倉は屈託なげに笑った。

「いやいや、そんなことはないよ。肌だって、まだまだ捨てたもんじゃない。オペを手伝ってくれた友人がね、君の年を聞くなり、マンマの再建なんか意味があるのか、なんてひどいことを口走っていたが、君を見た途端、なるほど、切り取っておしまいじゃ勿体ないって、すぐさま前言を撤回したよ」

ぼんやりとした意識の中で、佐倉の前任者だったというその医者の視線が自分に注がれていたのをおぼろ気に思い出した。だが、マスクと帽子に覆われ、目だけのぞいていたその顔は、今となってはもう定かに蘇ってこない。

翌日の回診は午後となったが、前夜の言葉通り、糸とヘモバックが抜かれた。

「明日はもう、ドボーンと全身風呂につかってもいいでしょう」

珍しく婦長の石川が回診に付いいたせいか、佐倉は若い看護婦の時とは違って一層よそ行きの言葉遣いになっていた。

「嬉しい！　ホントですか？」

こちらも意識的に他人行儀に喜びを表現した。

翌日、術後初めて浴槽に身を沈めた。手術台に身を横たえたことはもう遠い日の出来事のように思い起こされる。あの時は人の手で衣が取られ、為《な》されるがままであったが、今は自らの意志で潔《いさぎよ》く衣をはぎ取っている。そうして、初めて、乳房を見下ろし、そのふくらみを指でなぞった。

佐倉や看護婦の指に触れられるたびに漠然《ばくぜん》とその存在を感じていた新しい乳房を、今、自らの目と手でしっかと確認したのだ。左のそれと感触は微妙に異なっているが、他人のものではない。自分の肉体の一部に相違なかった。

体は隈なく洗った。が、新しい乳房にいきなり石鹸を付けるのはためらわれた。湯を含んだタオルをあてがうだけに留めたが、思いきってグイと力を加えてみた。左の乳房より弾力があった。

　髪も洗った。えも言われぬ心地好さが、髪をすくう指さきから湯の滴《したた》り流れる項に伝わった。

　湯から上がると、鏡の前に立った。

　左の乳房が隠れる高さにバスタオルを巻くと、左右の胸の隆まりはほとんど変わらない。

　恐る恐る、タオルをそっと下へずらした。左の乳房が露になり、次いで右の作られた乳房の全貌がむき出しになった。乳首のない分、そして、左の乳房よりふくらみの下縁が僅かに隆い分、ややアンバランスの感は否めないが、手術前に佐倉が示して見せたモデルと比べて些《いささ》かも遜色がない、いや、そのいずれよりも見事な出来栄えに思われた。

「ありがとう、あなた……傑作よ」

　胸の中に吐いたつもりが声になった。

　入院したその晩にはずしたままのブラジャーを着けると、新しい乳房は左のそれに伍してバランスを得た。スリップを着け、ブラウスをまとい、スカートをはいて再び鏡の前に立った。ブラウスを突き上げた胸の隆まりは左右のバランスを保って手術前と変わらない。

「あんまりグラマーの人は難しいが、君のオッパイなら外見は術前とまったく変わらなくなるよ」

「一期的乳房再建術」を施した何人かの患者の写真を示した挙句に佐倉が放った言葉を思い出した。佐倉のほくそ笑む顔が瞼に浮かんだ。

電話が鳴った。

予想通り夫からで、退院のメドを知りたいというものだった。病理の結果を待つだけだと答えると、夫の声が少しかげった。

「結果のいかんで今後の方針を考える、という話だったが、いずれにしても、そちらじゃできないからこっちへ帰って然るべきところを当たってもらったらいい、ておっしゃってたよね？」

「ええ」

「じゃ、結果だけ聞けば、もう退院だね？」

「そうね。まだはっきりお伺いしてないけど、早ければ来週末には帰れるかもね」

つられたように口走ってから、早まった、と後悔した。

「そうかい？　そんなに早く？」

夫の声が上擦った。

「あ、わからない」

志津はあわてて前言を翻した。

「私の勝手な見込みだから。先生は、最低三週間は見といてもらえば、て言ってらしたけどね」

「そうか」

少し安堵した。手術前は早々に逃げ出したい気分にもなったが、今となってはできるだけ長くここにいたかった。病気のこともさりながら、佐倉と別れてからの二十年の空白の歳月を、ここでじっくり埋めておきたい、仙台のホテル、そして、ここへ来てからの語らいで断片的に知った佐倉の、あの哀切極まりなかった別れの後の軌跡をつぶさに知りたいと思った。そう、許されることなら、病院の中でなく戸外で、肩を並べて湖畔を散策しながら、語り合いたかった。自分のことはさておき、少なくとも三宝のことはもっともっと話しておきたい、いや、是が非でも話しておかねばならない――。

週が明けた。

佐倉はまた少しばかり日焼けした顔で現れた。

「病理の結果が出たよ」

佐倉は手にしていた一枚の紙を差し出した。

志津は居ずまいを正して、横文字がタイプされているそれを流し見た。

「十七個中五個のリンパ節に転移があった。脇の下のものだけだったけどね」

その数字が多いのか少ないのか咄嗟には解しかねた。

「微妙なところだが、一応放射線は局所にあてといたほうがいいだろう。今週末に退院して、来週早々、紹介状を持ってどこかちゃんとした施設に行ってくれたらいい」

突き放され、次いで何かに追いたてられるような寂寥感と焦《あせ》りを覚えた。

ドライブ

車は、十和田湖へ抜ける山道にさしかかった。

「樹海ラインと言ってね」

ギアを一段下げながら佐倉が言った。

「右は杉、左はブナと白樺の木立が続く」

志津は左右に目をやった。

「まだ雪が残ってるかと思ったけど、もうすっかりないのね？」

「ああ。ひと月前だったら、除雪された雪で高い壁ができているのを見られたろうけど。万里の長城さながらのね」

「まさか！　でも、見たかったわ」

あわただしかったこのひと月余りを改めて思い返していた。乳癌と診断され、暗澹《あんたん》たる思いのさ中、フッと佐倉のことが思い浮かんだ――その時差した一条の光が、東方の三博士をみどり子イエスのもとへと導いた星のように、自分を導き、今こうしてここにあらしめているのだ。それより半年前、名取の病院で一人の外科医が佐倉の書いたものを見せなかったら、あるいは佐倉を思い出すことはなかったかも知れない……。

「何を考えてる？」

ブナと白樺の木立が流れ行く窓に目をやったまま口を噤《つぐ》んだなりの志津を、チラと流し見やって佐倉が問いかけた。

志津は我に返って声のほうへ視線を転じた。佐倉は今しがた言葉を放ったことなど忘れたかのように前方に目を凝らしている。

「今年は、春を二度も経験したなあって、そう思ってたの」

「春を、二度？」

「ええ。最初はもちろん仙台で、あなたに会う前。そして、二度目はここ尾坂で。でも、二度目のがホンモノの春だわ」

佐倉は前方を見やったまま頷いた。

志津はさらに畳みかけたかった。一度目の春って、わかってる？　娘の三宝が看護大学に合格した時よ、と。だが、今ここで三宝の名を口に出す勇気はなかった。いきなり相手を刺激したくなかったからである。

それでなくても、佐倉の胸中には複雑な思いが錯綜《さくそう》しているに相違なかった。夫や正樹とともに、三宝も自分を迎えに来ることを告げていたからである。

「これ」

と、昨日の夕刻志津は、三宝からの手紙をそっと佐倉に差し出した。佐倉は一瞬志津の手もとを訝り見たが、裏を返して差し出し人の名を知ると、合点がいったように頷き、黙って中身を取り出した。

「ほー、母親より達筆じゃないか」

便箋を広げ、読み出すより早く佐倉は言った。

(あたしより達筆?)

佐倉が口元を緩めるのに見惚れて、何気なく聞き流すところだった。十八年前に目にしたきりの自分の筆跡をこの人は覚えているのだろうか？　手紙らしきものを認《したた》めたのは一度限り、別れに際して、佐倉の官舎のポストに投じたものだけだったはずだ。

(あの手紙は、きっとその場で読み捨ててしまってるだろうし……)

便箋を繰っていく佐倉の視線が落ちた分、ぐいと目の前に迫った額の広がりに目を凝らしながら、志津は遠く忘却の彼方《かなた》に去っていったものをひとしきり思い起こしていた。

「あたしの字を、覚えていてくださったの？」

沈黙が気詰まりになって、間を縫うように志津は口を開いた。

「ああ、看護記録を何度も読んだからね」

合点がいくとともに拍子抜けがした。後にも先にも一度限り、夜勤明けの疲れた体に鞭《むち》打《う》ちながら書き綴《つづ》った手紙のことなど、この人はもう疾うに忘れ去っているのだろう。

「うん、なかなかしっかりした文だ。利発で、気立てもよさそうだ」

志津の追憶を吹き払うように、佐倉はサラサラと音を立てて便箋を重ね直しながら言った。

(他人事みたいに。あなたの娘なのよ)

思わず抗弁《こうべん》が喉もとに込み上げたが、その瞬間、ある疑念が胸を凍らせた。

(ひょっとしてこの人は、そのことをまだ認めないつもりなのかしら？)

仙台のホテルで三宝のことを話題に供した時の佐倉の吃驚《きっきょう》振りは記憶に新しい。だが、それはさしずめ「眠れる獅子を起こした」ようなものだったろう。それにしても「寝耳に水」などとは言わせたくなかったし、万が一佐倉の口からそんな冷淡な台詞が飛び出そうものなら、この人に手術を託すことはやめよう、とまで思いつめていた。

佐倉は、否定も肯定もしなかった。

「名前は？」

と、しばしの絶句の面持ちから我に返ったように佐倉が尋ねた時、志津は張りつめた緊張感から解放された。

「三宝」

と告げると、

「美しい穂、かな？」

と佐倉は空中に指で文字を書いた。志津はほくそ笑んだ。

「そうじゃない。三つの宝と書いてミホ」

佐倉は「ほー」とばかり口をすぼめ、再び自分の顔の前で宙に文字を書いた。

「珍しい名前だね。誰が付けたのかな？」

「もちろん、あたしよ」

（あなたとの子を、夫や他の誰かに命名などさせるはずがないでしょ）

佐倉の質問はいくらか無神経に過ぎる、と少しばかり腹が立った。気負ったその口吻に気圧《けお》されたように、佐倉は無言で頷いた。

道が下り坂になり、やがて湖が見えてきた。

「うわー、素敵！」

佐倉の肩越しに鏡のような湖面を垣間見て、志津は思わず身を乗り出した。病院を出て二十分余りが経過している。

「湖の向こうに見える峰は？」

「ああ、八甲田山《はっこうださん》。映画にもなったよね。手前に突き出たでっぱりが、中山半島と御《お》倉《ぐら》半島で、二つの半島に抱かれている部分を中《なか》ノ湖《うみ》と言う」

佐倉が指さす方角へ、慌てて視線を送った。

「そこが十和田湖の最深部で、三百二十七メートルだそうだ。田沢、支笏《しこつ》湖に次ぎ、日本で三番目に深い」

「詳しいのね。まるでガイドさんみたい」

佐倉はニッと唇を伸ばした。

「何を隠そう、今日のためにね、ゆうべ、古い資料を少しばかり繙《ひもと》いて復習したのさ」

「それはありがとう。でも、一番古い記憶が三つの時で、小学校一年の算数のテストの成績まで覚えてらしたというあなたのことだから、それくらいちゃーんとおつむにインプットされてるのかと思った」

「いや、駄目だよ。記憶力はとみに衰える一方だ。物忘れもひどくなったし……。それより、君のほうこそ記憶力抜群じゃないか。算数のテストの話なんか、君にしたっけ？」

「あら、あたしじゃなかったかもね。誰か他の女の人に話したのかな？」

「おいおい」

佐倉は失笑した。

「奥様かしら？　それとも、曰く言いがたい他の女性？」

目論《もくろ》み通り佐倉が声を立てて笑った。

「また笑ってごまかす。それも年の功ね」

「君も相当いけずになったね」

二十年後にこんな屈託のない会話を交わす日が来るなどと、あの別れの時、仮初《かりそめ》にも思いめぐらしただろうか？

佐倉の子をみごもり、やがてその子が地上に生まれ出てくる以上、このまま佐倉と永遠《とわ》に別れてしまうことにはなるまい、必ずもう一度会う時がある、いや、たとえ会わなくても、電話をかけるか手紙を書く日はある、と、そればかりは信じて疑わなかったが、遂にその日が訪れたのだ。しかも、まるで、勤務をともにした幾度《いくたび》かの夜の徒然《つれづれ》の会話のように、話が弾んでいる。違っているのは、あの時は笑い興じながら佐倉の腕をつねったりしたものだが、今は、あの時と変わらぬ距離に身を置いて、人目を憚ることもないのに、そうしたさり気ないスキンシップさえためらわれることだ。

湖が目の高さに広がった。ホテルや観光客目当ての店が立ち並ぶ湖畔には、平日ながらかなりの車が往来し、乗り降りする人影もあまたを数える。

「あら、どちらへ？」

そのまま車の群の中へ入っていくかと思ったのが、ハンドルを右に切って湖畔から遠ざかろうとする佐倉を訝った。

「昼食をね、落ち着いて取れる所へ行こう」

病気とはまるで無縁とばかり行楽を楽しんでいる、いかにも異質な人々の群の中にいきなり入っていくのは気後れを覚えていたから、佐倉の言葉に安堵を覚えた。

ほどなく、白い建物が見えてきた。

「ニューレイクサイドホテル……！」

（夫が泊ったところだわ！）

「どうかした？」

驚きを含んだ口吻と、フロントガラスに吸い寄せられた志津の目に気づいたかのように佐倉は振り返った。

「あ、いえ……なんでも高ければいい、というような都会のホテルとはひと味趣《おもむき》が違うな、と思って……」

取り繕ってから、夫が泊ったホテルだということを別に隠しだてする必要もなかったのに、と咄嗟の狼狽《ろうばい》ぶりを自分で笑った。

「三階建てだけど、奥行きがあってね、庭も広い。三階のレストランからは湖が一望のもとに見渡せる」

「よくおいでになるの？」

「たまに、病院の連中とね」

「病院の、どういう方と？」

佐倉は、半分苦笑気味に見返した。

「なかなか詮索が厳しいね」

「あ、ご迷惑なら答えてくださらなくっていいのよ。プライバシーに立ち入るつもりはありませんから」

（ぬけぬけと嘘を言ってるわ！）

佐倉とこんなふうに二人だけの時を持てるのは今日限りだ。残された僅かな時間に、佐倉のことをできる限り、プライベートなことも知っておきたい、それが本心のはずだった。

「月曜になると、このへんが少しばかりいい色になっているのに、気付かなかったかな？」

佐倉は額と鼻の頭をチョンチョンと指でつついた。

「気付いてたわ。テニス焼けでしょ？」

「バレてるだろうとは思ってたけどね。テニスの話をしても興味ないだろうと思って」

「そんなことないわよ。だって、あの子――三宝は、高校時代ずっとテニスをしていたもの」

「そうなのかい？」

最後は独白のように続けてから視線を前方へ戻し、佐倉は頷きを繰り返した。

「いつか」

と志津はそんな男の横顔に目を凝らした。

「テニスのお相手をしてやって」

話題にすまいとしていたことを、なんだ、呆気なく口にしてしまっているじゃないか、と我に返って呆《あき》れた。

「そうだね」

佐倉はフロントガラスに目を据えたまま、少し間を置いてから、ボソッという感じで答えた。志津は期待と不安の入り混じった思いで二の句を待ち構えたが、佐倉の口はそれきり開かなかった。

車が駐車場に入った。

佐倉が先に降りて助手席のドアを開いた。

さり気ない心遣いが嬉しかった。

玄関を抜けてロビーに入った時、志津はフッと幻想に捉われた。どこからか自分たちを見つめている目――仙台のホテルでチェックインした直後に背に感じたフロントマンの視線が記憶に蘇った。あの時と同じように、いや、あの時よりもっと人影はまばらで、手持ち無沙汰なフロントの従業員たちがこちらに視線を投げるのが読み取れた。

が、かすかな戦慄をもたらしたのは、あの時とは違って、フロントマンの目ではない。

(この前と同じホテルだと言っていたから、夫や子供たちは今夜ここへ泊るんだわ)

今はまだやっと午後の一時だから絶対にそんなことはあり得ない、と何度も言い聞かせながら、ひょっとして予定を急遽変更した夫が、既にチェックインしてそこらあたりを散策しているのではないか――その夫の目に怯《おび》えたのだ。

(別に何も、疚《やま》しいことをしているわけじゃないのに……)

自分の小心を笑い飛ばそうとしたが、佐倉と肩を並べてホテルを歩いているところを夫に見られたら、すぐさま取り繕えるだろうか？

(でも、数時間後には、夫も子供たちも確実にここにいる)

勝手知ったとばかりエレベーターに自分を誘《いざな》う佐倉の涼し気で余裕のある表情を横

に流し見ながら、不意に激しい焦燥感に襲われた。

湖　畔

「静かだわ。素敵な眺めね。白樺と湖が絶妙な取り合わせで……」

レストランに落ち着いて窓外を流し見た志津は、うっとりと目を細めた。

久々の解放感だった。自由を奪われていたわけではないが、それにしても一日の大半を病室で過ごしてきた身に、ホテルの庭のグリーンの芝生と林立する白樺、その向こう、湖へと連なる果てしない広がりは瞠目《どうもく》の限りだった。

既に、私服に着替えて病院の玄関を一歩出た時から、他愛なく感動していた。左手の、庭といってもよい空き地には、五分咲きのソメイヨシノが枝を張っていた。正面、十メートルほど前方、佐倉が車を横づけして待ってくれているはずの門まで、地に張り付けたように設けられた花壇には、赤、黄、白、ピンクのチューリップが咲き乱れ、紫、黄、白の三色スミレも競うように彩りを添えて目を射ぬいた。門に近い右手の自転車置場の傍らには、芽を出し始めたばかりの山桜が植わっている。病室の窓から、あるいは、徒然《つれづれ》に病衣にガウンをまとった姿で院外へ出て、既に幾度もこれらの樹々や花々は目にしていたが、明日で見納めと思った時、格別の感情が胸にこみ上げたのである。

「本当に、夢を見ているみたい……」

佐倉は、志津の横顔に目を移した。

それに気付き、慌てて顔を正面に戻した。

「なんだ、また涙腺が弛んだのかい？」

佐倉はクールに言った。

「だって……健康になれたんですもの」

志津は泣き笑い、それからそっと指で目尻を拭った。

「うん、ともかくよかった。これで僕も少しばかり罪滅ぼしをさせてもらえたかな？」

「罪滅ぼし？」

聞き捨てならぬ言葉だ。

「あなたに、なんの罪が……」

志津の切り返しを、こっちこそ意外といった顔で佐倉は受けとめた。

「三宝のことをおっしゃってるの？」

「……まあね」

「どうして？　三宝のことは、みんなあたしが悪いのよ。だから神様が今頃こうして罪の刈り取りをおさせになったんだわ」

佐倉は口もとを引き締めた。すかさず返そうとした言葉を口の中で押しつぶしたふうに見えた。

(そうでしょ？　そうじゃなくって？　何か言いたいことがあったら言って)

目で促した。佐倉の口がおもむろに開いた。

「君は無論、望んでのことだろうが、僕はそうじゃなかったからね。それなのに種をまいてしまった、それが、僕の罪だよ。君は望んだ子だから謝る必要はないが、僕はそうじゃないから、その、三宝さんには、いつか謝らねばと思っている」

「よして、そんな言い方。悲しいわ」

志津はきっと相手を見返した。

「そんな気持で、あした、あの子に、どんなふうに接してくださるの？」

佐倉の目がかげった。

「正直なところ、気が重いよ。娘さんだけならまだしも、ご主人も一緒とあってはね」

「あ……」

小さく、相手には届かない声を放っていた。佐倉との初対面の後、その笑った顔が誰かに似ていると夫がしきりに訝っていたことを思い出したからである。

（三宝とこの人を目の前にしたら、夫はひょっとしてあの時の疑念をまた蘇らすかも？）

娘をなんとしても佐倉に会わせたいと考えたことが無謀な試みに思えてきた。佐倉の笑顔が誰かに似ていると夫が口にした瞬間の戦慄を、天の警鐘《けいしょう》と謙虚に受けとめるべきだったのかも知れないのだ。

もう健康体なんだから自分一人でも大丈夫、あなたは既に十和田湖も見たんだし、私は三宝と正樹と三人で観光がてら湖を回って帰るから、無理に来てくださらなくてもいいのよ、と、一昨夜の夫からの電話にそう返してみたのだったが、

「そうもいかないだろう」

と、正男はすかさず声を荒らげた。

「入院費の精算もあるし、佐倉先生にもきちんと謝礼をしとかないと」

志津は一瞬返す言葉に詰まってから、

「謝礼って?」

と、尋ね返した。

「差し当たって二十万用意したが、足らないかな?」

志津は絶句した。

夫が手術前に持ってきた「ナポレオン」さえ、まだベッドの下に秘めたままである。それは無論、退院の折に佐倉に手渡すつもりだが、佐倉への謝意はそれでひとまずすませ、名取へ帰ってからゆっくり考えればいい、テニスのラケットでも贈ろうか、とのんびり構えていたのが、夫は性急に、それも桁違いのことを思いめぐらしていたのだ。

三宝の受験から入学、それに続く自分の入院等で、ここしばらくの物入りは、共働きとはいえ、しがない公務員の家計には相当ひびいたはずである。加えて二十万という謝礼はかなり無理をした感じだが、夫がそれを惜しんでいる気配は毫《ごう》も感じられない。佐倉が妻にしてくれたことはそれ相応、いやひょっとしたらそれくらいでは尽せぬ価値がある、とみなしてくれた夫の気持が伝わって嬉しかった。そこまで気配りを示してくれれば自分のメンツも立つというものではないか。来ないでいいとはもはや言えなくなった。

「一つだけ聞きたい」

開きかけた志津の唇がそのまま閉じるのを見届けて、佐倉は二の句を継いだ。

志津は我に返り、相手の生真面目な目を見返した。

「ご主人は、微塵《みじん》も疑ってないのかい？　その……三宝さんのこと……」

他人行儀な「さん」付けが少しおかしかったが、不思議に強い違和感はない。

(この人の意識の中で、三宝はまだ他人なのだわ)

佐倉の詰問に錐《きり》で突かれたようなチクリとした痛みを覚えながら、まだそんなことを思いめぐらすゆとりがあった。

「あの子をみごもったことを告げた時は、さすがに疑ったようだけど……でも、長男の時もあの人は、そんなはずはない、できるはずはない、と不思議がってたから」

「疑うのと不思議がるのとじゃ微妙にニュアンスが異なるけれどね。長男は、紛れもなくご主人との子だろ？」

「もちろんよ」

「ご主人ももともとよりそのことは疑ってない。不思議がられたのは、できるはずのない夫婦生活をしていたつもりなのにできてしまった、てことだろうからね」

胸苦しさを覚えてきた。このままやり取りが進めば、十九年前、三宝を妊娠した旨告げた時の佐倉との苦々しい応酬の再現になりかねない。つまりは、二人の男への不実を犯した自分の罪がむし返されるばかりだ。

「あなたを裏切り、夫に不貞を働いた、その罪は、乳房の一つを失うくらいでは償いきれないかも知れないわね。アメリカの古い小説家でナサニエル・ホーソンて人、知ってる？」

「ああ、中学だったか、高校だったか、その作品の一部が国語の教科書に載っていたっけな？」

「どんな作品？」

「それはもう、覚えてない」

「ホーソンの代表作は『緋文字』と言うの。あたしのように姦淫を犯したヘスター・

プリンという女性が主人公」

「姦淫……厭な言葉だ」

「そうね。今流に言えば不倫ね。英語で姦淫は何て言うの？」

「さあ……」

「イニシャルはAよ。ヘスター・プリンは姦淫罪で捕らえられて、間もなく解放されたけど、その胸に一生『A』という文字、つまりそれが緋文字なんだけど、それを縫いつけた布を胸につけておくペナルティを課せられるの」

「相手は誰なんだい？」

「牧師。アーサー・ディムズデールという、将来を嘱望された有能な青年……」

佐倉は押し黙った。数秒間待ってその口が開きそうにないのを見て取った。

「あたしも、そんな緋文字を胸につけるべき罪な女なのに、失ったままでは厭だからと、新たに作ってもらうためにあなたを頼ってきたりして、……罪の上塗りをしているのかも……」

「そうとなれば、さしずめ僕は共犯者だが、因果応報的な考えをするなら、天罰は僕にも充分下っているよ」

志津は佐倉の目をのぞき込んだ。

「あなたに、どんな天罰が？」

「子供だよ」

「子供？　あなたの？　男の子が二人、とおっしゃってたわね？」

「うん」

「三宝よりはもちろん下でしょうから、上のお子さんがやっと高校生くらい？」

「まともに学校へ行っておればね」

「どういうこと？」

「今年になって学校が嫌だと言い出し、無断欠席を続けている」

志津は唖然として佐倉を見つめた。

「信じられないわ。何か、思い当たることでも？」

「何もない」

「塩釜のお宅は、いわば母子家庭みたいなものでしょ？　父親とのスキンシップに飢えてるんじゃなくって？」

「僕自身の経験に照らしても、断じてそんなことはないね」

佐倉は突き放すように言った。

「十五、六の年頃の子供には、父親の存在など希薄なもんだ。むしろ煙たいくらいだろ。要は、本人の資質の問題さ」

「でも、あなたの子供だから、おツムはいいはずだし」

「子供は種だけで決まるわけじゃないからね」

「ひどいおっしゃり方。奥さんに失礼よ」

佐倉はツイと視線をそらせて押し黙った。

一時間後、二人はホテルを出た。時間がない——そんな切羽詰まった思いに駆られて、志津のほうから「出ましょうか？」と促した。

佐倉の子供の話に深入りはしなかった。佐倉がそれを忌避する構えをややもせずして見せたからである。

(この人は、家庭的に幸せじゃない。あたしほどにも)

子供をめぐる会話の端々から嗅ぎ取ったものを、湖畔に取って返す車の中で反芻していた。

「少し歩くかい？」

駐車場に車を止めたところで、佐倉が振り返った。

「ええ」

人影は先刻より幾分まばらになっていたが、もっともっと人が少なければいいのにと思った。

「この湖では、お魚、取れるの?」

さざ波さえ立っていない鏡のような湖面に目をやりながら、志津は素朴な質問を放った。

「ああ、イワナや姫鱒《ひめます》がね。ことに姫鱒はここの特産だよ」

「そうなの? あんまり静かだから、死海じゃないけど、魚一匹棲《す》んでいないんじゃないかって思ったわ」

「なかなか鋭い観察眼だ」

「えっ?」

「ものの記録によると、明治初年まで、この地域の住民が目にした十和田湖の生物は、巨大なイモリと小さなサワガニだけだったそうだ」

「どうしてかしら? まさか死海のように、塩分が濃過ぎて、ということじゃないんでしょ？」

「海じゃないんだから」

「ああそうね、じゃあ、どうして？」

「十和田湖に魚が入ってくるルートとしては唯一奥入瀬《おいらせ》渓流があるんだが、地形上の理由で魚は湖に遡上《そじょう》できなかった、というのが定説らしい。それで、地元の和井内貞《わいないさだ》行《ゆき》という人が、それなら直《じか》に湖で魚をふ化させればいい、と考え出した。いろいろやってみて、何度も煮え湯を呑まされた挙句、最後に成功したのが、北海道の支笏湖から取り寄せた、アイヌ語でカバチェッポという姫鱒のふ化だった。五万粒を湖に放った翌年、成魚になった姫鱒が銀鱗《ぎんりん》を湖面に踊らせて群を成す様を見届けた和井内貞行は感涙に咽《むせ》んだ、というエピソードが語り伝えられている」

看護学生であった遠い昔、クラスメート数人と北海道に遊んだ日のことを思い出した。支笏湖の静謐《せいひつ》な佇まいは記憶にある。そういえば、〝カバチェッポ〟というアイヌ語を聞いたか目にした覚えもうっすらとあった。

「生き物は逞しいわね。見知らぬ新しい環境にもちゃんと順応していくんですものね」

「そうだな。一番ダメなのは人間かもね。住めば都、て言うが、なかなかそうもいかない」

「あたしなんか、その典型。結局、生まれ育った土地にへばりついたまま半世紀がたってしまった」

名取を出て東京へ一緒に行こうという佐倉の熱い囁きを、つい昨日のことのように思い出していた。

「意気地なしね。井の中の蛙《かわず》でこのまま一生を終わるんだわ」

それには答えず、

「見えてきたよ」

と、佐倉が少し視線を上げた。

「何が……?」

志津は前方を見すえ、ついで、という感じで半歩前に踏み出して佐倉と肩を並べた。

「『乙女の像』だよ。高村光太郎の」

「ああ! 智恵子をモデルにしたという?」

「うん」

「ここにあったのね」

（道理で人の足が皆こちらへ向いているはずだ）

「智恵子が死んで十五年くらいたってから、七十歳に及んで、光太郎は憑かれたようにあれを作ったらしい」

佐倉は前方を指さした。

「智恵子は、いくつで死んだのかしら？」

「確か、五十二、三――じゃなかったかな？」

「そんなに若く……」

その年になるまであと四、五年だ。不意に智恵子に親近感を覚えた。

相向かう青銅の裸婦像がいつしか至近の距離に迫り、どちらからともなく足をとめた。

「うわぁ、肉感的ねえ。とてもとても若い娘の体じゃないわ」

「しかし、乳房はどうかな？　隆く、張りきって、若々しいよ」

「ああ……そうね。でも、こんな堂々たるオッパイ、今のあたしにはまぶし過ぎるわ」

鏡の前にさらした自分の裸身を思い起こして、佐倉は少し意地悪だ、なぜこんなものを見せようとしたのだろう、時々この人はこういう無神経なことをする、と腹立たしくなった。

焦　燥

志津はハンドバッグからカメラを取り出した。出がけに仙台駅の売店で買い求めたインスタントカメラで、三十二枚撮りの、既に半分以上は撮ってある。残りは今日と明日のためにとってあった。佐倉と並んだ写真が欲しい。しかし、医者と患者といった風情のものは嫌だったから、病院ではもっぱら佐倉ひとりを撮った。

「写真は、余り好きじゃないがね」

と佐倉は被写体となるのに抵抗を示したが、

「あなたの今の白衣姿をどうしても撮っておきたいの」

とせがまれ、不承不承《ふしょうぶしょう》ポーズをとった。

ホテルを出る前に、レストランで既に幾度かシャッターを切っている。

「せっかくの記念だから、ここもカメラにおさめておくわ。そこに立ってくださる？」

志津は佐倉を「乙女の像」の前に残して足早に五、六歩退いた。別の角度から何人もの観光客がカメラを向けている。

佐倉を撮り終えると、ホテルのレストランでそうしたように、近くの若い娘をつかまえた。

「すみません、写真、撮っていただけます？」

一瞬戸惑いを見せたが別に嫌な顔もせず、手にしたカメラを連れの青年に託すと、娘は小走りに駆け寄って差し出されたカメラを受け取った。

「強引だね」

女学生のように屈託のない表情で戻って来て自分の横におさまった志津へ、苦笑混じりに佐倉は言った。

「あれは、コブシかしら？」

どちらからともなく歩き出してから、志津は傍らの梢《こずえ》を指さした。

「よく知ってるね」

「婦長さんがね、地元の写真家の写真集を貸してくださったの。『十和田』ていうタイトルだったわ。いくつか印象的な写真があったけど、『湖畔のコブシ』というのが特に目に焼きついたの。コブシ、て桜より小さい花かと思ったら、ずいぶん大きくて、チューリップみたいなのね。驚いたわ」

「そうだな。あっちが山桜だけど、花弁はコブシのほうが二倍も三倍も大きい」

志津は佐倉の指の先に目を移した。色はコブシに似て白っぽく、僅《わず》かにピンクがかった程度だ。まだ三分咲きで、満開に近いコブシの陰に隠れて鳴りをひそめている風情である。

「乙女の像」がはるか後方になって、行き交う人の姿もまばらになってきた。

「春は本当に素敵だけど、冬は寂しいんでしょうねえ」

木々の梢から湖面に目を転じていた。

「それこそ、一面の銀世界、と言えば聞こえはいいが、重く垂れ込めた空、それも、仙台あたりに比べれば二倍も広く感じられる、まさに天蓋《てんがい》、て感じだが、その灰色と雪の白、陰《いん》の世界に閉ざされて、初めて秋田の果ての地のなんたるかを思い知らされるよ。一度、真冬に来るといい」

思わず佐倉の横顔を見た。

「それまでは、もう来るな、てこと?」

佐倉は一瞬口ごもった。

「明日、手渡すけど、がんセンターへの紹介状を書いておいた。そんなに遠くなさそうだし、今後はそちらで診てもらえばいいんじゃないかな」

「半年後に乳首を作ってくださるんじゃなくって?」

志津は右の胸のふくらみにそっと手をやって佐倉を流し見た。

「ああ、そうだったね」

佐倉は志津の手の動きに一瞥をくれてから言った。

「気のない返事。ホントに作ってくださる気があるの? それとも、作っても意味のないことになりそう?」

「そんなことはないよ」

佐倉はやや大仰《おおぎょう》にかぶりを振った。

「君も、ご主人も、そう望むなら、喜んで引き受けるさ」

「でもどちらかと言うと煩わしい、これで奇麗さっぱりおしまいにしたい――目がそんなふうに言ってる」

「またそんな穿ったことを」

志津はふふふと笑って肩をすくめて見せた。

沈黙がわだかまった。が、二人の足取りはそのまま続き、周囲からさらに人気《ひとけ》が失せた。

佐倉はいざ知らず、自分はこのままどこまでも、許されるなら湖をひと巡りするまで歩き続けたいと思った。

陽が落ち始めている。佐倉が腕を返して時計を見た。

「そろそろ、引き返そうか？」

志津は焦った。

「ねえ」

半身になりかかった相手を目で制した。

「お住《すま》い、病院へ帰る途中にあるんでしょ？」

周りの景色はもううろくすっぽ眼に入っていない。二人きりで過ごせる時間が刻一刻尽きようとしている。

「ああ」

「マンション？　それとも、一戸建て？」

婦長の石川から聞いて知っていたことだったが、空惚《とぼ》けた質問を放った。

「一戸建て、平屋、小さな庭つき」

まるで歌の文句か詩でも口ずさむように佐倉は返した。

「お手間でなければ、見せてくださらない？」

五時を少し回っている。このまま真っ直ぐ行けば五時半には病院へ着く。

「構わないが……」

佐倉が訝った顔を振り向けた。


「女の人の香水の匂いか、ひょっとしたら下着でもどこかに散らかってるんじゃないかな、て思ってたけど」

三つ並んだ部屋をひとわたり自在に歩き回ってから、佐倉が開け放った硝子《ガラス》戸のほうへ歩み寄って志津は言った。

「どうやら、その気配はなさそうね。もっとも、だからといって品行方正のお墨付きは差し上げられないけど」

佐倉は庭に向かって立ったまま苦笑した。

「なんだい。そんなことを探るためにここへ来たかったのかい？」

「ええ、一つにはね。だって、髪もまだ豊かな中年のお医者様が、男やもめみたいな生活に耐えられるなんて思えないもの」

「お生憎様《あいにくさま》だね」

言い放つや、近付いた志津と入れ代わるように佐倉は台所のほうへ遠ざかった。志津は肩透かしを食った思いであわてて視線を男の背に這わせた。

「君が考えるほど僕はタフじゃないよ。患者を診て、月に何例か手術をして、週末にラケットを振るだけで精力の大半は使い果たしてるさ」

水の流れる音がした。戻ってきた佐倉の手に如雨露《じょうろ》が下がっている。

「あら、そんな趣味もお持ちなの？」

二人がいる八畳間には猫の額ほどの縁側が付いている。台所は板の間で、他に和室が二つ、一つは六畳間で、テレビやソファ、机や本棚、カラーボックスが置かれてあるからそこを書斎にしているのだろう。八畳間には押し入れがあり、タンスやクロゼットが並んでいる。恐らく寝室はこの部屋だろうが、想像していた万年床ではなく、それでもいちいち押し入れに入れるのは面倒臭いのだろう、蒲団《ふとん》はたたんで部屋の隅に積まれてある。佐倉は縁側に出て、そこにしゃがみ込み、手にした如雨露を傾けて縁の下の庭に置かれたいくつもの鉢に水を注ぎ始めた。病院の玄関先で見たチューリップやパンジーがここでも可憐な花を咲かせている。

「趣味というわけじゃないが、患者や職員が寄越すもんだからね。無下に断れなくて……そのうち、朝夕水をやらないと何かを忘れたような気分になってね。人間の習性なんて、妙なものだ」

「その割に、お庭の手入れは上々とは言えないわね」

佐倉に倣《なら》って縁側にしゃがみ込みながら、志津は庭を眺めた。雑草以外、何も生えていない。塀に近く、雨ざらしの物干し台が地面から伸びているが、洗濯物はかかっていない。

「お洗濯も、ご自分でなさってるの？」

「もちろんだよ。他に誰がしてくれるわけでもないだろう」

投げ遣り気味に返して佐倉は腰を伸ばした。如雨露の水が尽きていた。

「奥さまは？　たまには来られるんでしょ？」

「来ないよ」

ぶっきらぼうに言い放って、佐倉は如雨露をひと振りした。水が一滴滴り落ちた。

「一度も？」

間があいた。佐倉は如雨露を縁に置き、やおらという感じで胡座《あぐら》をかいた。志津も腰を落とした。

「一度だけ、夏休みに下の子を連れて来たよ」

「その時は、ここでお泊りになったんでしょ？」

「うん」

「奥さまとしては、胸が痛んだんじゃないのかしら？　旦那様が、こんな寂しい所でひとり暮しをしていることに」

「どうかね。塩釜の家で、長男と一触即発の状態でいるのをハラハラしながら見ているよりはよほど精神衛生上いいと思ってるさ。無論、亭主にとってもその方がハッピーだと分かってる」

「だからこそよ、せめてひと月に一度くらいはこちらに来て旦那様の身の回りのお世話をしたいと思うのが普通じゃなくって？　あたしなら毎週でも来たいわ」

答が返って来ない。少し意地悪い気持になった。

「それに、ひょっとして浮気でもしてやしないか、そちらも心配でしょうし」

佐倉は頑なに前方を見やっている。頬が、弛んだような、一瞬ひきつったような気がしたが、唇が開く気配はない。志津は畳みかけた。

「奥さまは、愛していらっしゃるんでしょ、あなたのこと」

「どうだかね」

また投げ遣りな調子で言葉が返った。

「もともと、さほど情の細《こまや》かな女じゃないからね、よく分からんよ」

「あなたは？　あなたは奥さまを愛してないの？」

「愛しているとは、口が裂けても言えない」

こちらを見て、あたしの目を見て答えて、と言いたかった。だが、佐倉の目はうつろなまま庭に向けられている。志津は苛立った。

「でも、恋愛結婚だったんでしょ？」

「いや、見合いだよ」

「えっ？」

「君と別れてから、五、六回、見合いしたかな。いい加減面倒臭くなってね、ほどほどのところで年貢を納めることにした」

「じゃ、あれから、好きになった女性はなかったの？」

「ああ」

志津の胸に熱いものが流れた。

「それで、お見合いを？」

「うん」

「でも、ほどほどのところ、て、どういう意味？」

「器量、教養、家柄の点でね、まあまあというところ、て意味さ」

「ご謙遜ね」

「何が？」

「あなたが選んだ方だから、きっと才色兼備の方だと思うわ。あたしなんか足もとにも寄れないくらい」

「それこそ厭味な謙遜だね」

「えっ、どうして？」

不覚にも頬を赤らめていた。

「これまで出会った中で、君に勝る才色兼備の女性はいなかったよ」

また胸に熱いものが流れ、頬がほてった。佐倉の目が一瞬こちらに注がれ、狼狽振りを見て取られたと意識したことも手伝っている。

「そんな風に言って頂いて、光栄ですけど、でも、それは買い被り。まして、オッパイを癌に冒されてしまって、これから抗癌剤や何やかやしたら、髪の毛は無くなるわ、痩せて皺クチャになるわで、およそ美とはほど遠いところへ行ってしまうでしょうし……」

佐倉は再び口を噤んだ。その通りだという暗黙の同意ね？　無言の問いかけをしながら、胸の熱いものが冷えて行くのを覚えた。

佐倉が腕の時計を見て胡座を崩した。

「さ、もういいだろう？　行こうか」

「あ……はい……」

志津も時計を見た。早くも十五分経っている。それでも後ろ髪を引かれる思いで相手に倣って腰を上げた。

刹那、足がもつれた。

空を切るかと思った上体が、佐倉の手に支えられていた。

志津はこめかみに手を押し当てて、目と鼻の先に迫った佐倉の顔を上目遣いに見た。

「大丈夫かい？」

肩にかかった佐倉の手に力が込められた。

志津は自制を失い、衝動的に男の胸に上体を寄せた。佐倉は一瞬たじろいだように身をのけぞらせたが、志津はその力に抗って男の背に腕を絡ませ、ひしと男を見上げた。

「昔のように、とは言いません。でも、抱いてください。また出会えたせめてもの思い出に」

佐倉は凍りついたように女の目を見返していた。が、やがて、肩の手をそっと女の背に回した。

「よく来てくれた。無事を祈ってるよ」

志津は頷き、弾みに顎を突き上げた。そうして、かすかに開いた男の唇を求めた。

「口づけだけでも……」

あえぐように、うわ言のように呟いていた。

「それだけで、それだけでもう、思い残すことはありません」

閃き

三宝は兄の正樹と東京駅正午発の「やまびこ号」に乗った。仙台で同じ列車に父が乗り込んでくる手はずになっている。チケットは律儀に父親から二人分が正樹宛に速達で送られてきていた。

兄からは前々夜に、父からチケットが送られてきたから、午前十一時半に駅の構内の〝銀の鈴〟で落ち合おう、と連絡があった。

三宝は初めて耳にする〝銀の鈴〟なる待合所に不安を漏らしたが、

「大丈夫。人に聞けばすぐわかるから」

と正樹は一笑に付した。

「わたしは入場券で入るから、新幹線の中で待ち合わせたほうが確実じゃない？」

だから、席座の番号を教えて、と抗ったが、

「いや、まあ、〝銀の鈴〟くらい知っておいたほうがいいよ」

と、なぜか兄は頑なに自分の意見を押し通した。

午前中の講義を途中で抜け出し、東京駅へ着いたのは約束の十一時半で、〝銀の鈴〟を探しているゆとりはなかった。改札口で駅員に尋ね、五分遅れでそこにたどり着いた。群する人の数に戸惑ったが、正樹の姿はすぐに見出せた。ベンチから立ち上がってこちらに手を振って見せたからである。

ホッと安堵して手を振り返したが、その瞬間、兄の傍らで若い女性も腰を上げたのに戸惑った。相手は三宝より年長な分、ゆとりを感じさせる物腰で、口元に微笑を広げ、会釈した。

「紹介するよ。こちら、葉山嘉子《はやまよしこ》さん。音大を出て、今はボクと同じ大学院生」

正樹が少々勿体ぶって半身の姿勢で言った。

「初めまして。葉山嘉子です。よろしく」

白い歯がこぼれた。格別美人というのではないが、清潔感のある人だ。

「こちらは妹の三宝」

兄の仕草もどことなくぎこちない。三宝は改めて慇懃に礼を返した。

「三つの宝で、ミホさんよね？　珍しいお名前だからここに焼きついてます」

葉山嘉子はこめかみのあたりを華奢《きゃしゃ》な指でつついて見せた。その生え際から項に伸びた髪は豊かで手入れが行き届いている、楚々として女らしい、と見惚れた。

「じゃ、行こうか」

正樹がどちらへともなく言った。二人は頷いて正樹を両側から挟む形で歩き出した。発車までにはまだ十分以上あったが、列車は既にホームに入っている。

「弁当を買おう。昼ごはん、まだだよね？」

正樹が売店のほうへ顎をしゃくって三宝の目をのぞき込んだ。

「買ってきましょうか？」

嘉子が二人の顔を窺いながら言った。

「ああ、悪いね」

正樹も自分もスーツケースを手にしている、それを慮《おもんぱか》ってくれての機転だろうが、そのさり気ない気配りにも好感を覚えた。

「素敵な方ね」

ワンピースの裾を軽やかに翻して踵を返した嘉子の後ろ姿をしばらく見送ってから、三宝は我に返ったように言った。

正樹の顔が綻《ほころ》びた。

「気立てがね、とてもいい女《ひと》でね」

「お兄ちゃんには勿体ないチャーミングな人よ」

正樹は拳で三宝の額を小突くゼスチャーをした。

席は五号車の禁煙席だった。デッキのドアは既に開いている。そこまで来ると、弁当の袋を手にした嘉子がこちらへ近付いてきた。

「ありがとう」

嘉子から袋を受け取ると、正樹はそれをまた三宝に差し出した。

「これを持って先に座席へ行ってて。発車までちょっとここにいるから」

「では、失礼します」

袋を受け取って、三宝は葉山嘉子に向き直った。

「そのうちゆっくりお目にかかれるのを楽しみにしています」

こちらのぎこちなさに比べて、相手の物腰にはやはりゆとりがある。兄と同い年なら二十二、三だが、五つ六つ違うとこんなにも大人に感じるものかと、自分の幼さを思い知らされた。

席に落ち着いてホッと安堵を覚えたが、ホームで立ち話をしている兄と恋人は――間違いなくそのはずだ――窓を衝いて笑い声が聞こえてこんばかりに、睦《むつ》まじく語り合っている。兄はひたすら相手に目を据えているが、葉山嘉子の方は、気遣ってくれているのか、つぶらというほどではないが充分に明眸《めいぼう》と感じさせる澄んだ目をチラチラッとこちらに送っている。

発車のベルが鳴ると新幹線は静かに動き出した。デッキの兄に手を振っている葉山嘉子の姿が流れた。と、見る間に、背を屈めてこちらに視線を転じ、兄に対するのとは少し異なった手付きで手を振っている彼女に気付いた。三宝はあわてて上体を起こし、会釈を返した。

「いやあ、ちょっと驚かせたかな？」

兄がいつしか目の前にいた。

「ちょっとどころじゃない。いきなり、ひどいわ」

三宝は剝《む》くれて見せた。

「彼女がいるらしい、てことは、薄々勘づいてたけど……」

「どうして？」

「だって、この前、名取へ一緒に帰らなかったのも、あの人とのデートがあったからでしょ？」

「まあね」

「おとつい電話をくれた時、どうして今日のこと言ってくれなかったの？」

「ちょっとビックリさせたかったからさ」

つまりは、恋人を宝物のように出し惜しみしていたのだ。

「でもなぜ一番に私に会わせたの？　お父さんたちはまだ知らないんでしょ？」

まさか妹の口から恋人の存在を親に伝えて欲しいとの魂胆ではあるまい。

「母さんには、チラと匂わせたことはあるけどね」

正樹は悪びれずに言った。

「僕もいるし、友達もそろそろできただろうけど、何かの時はあの人に相談するといいと思ってね。姉貴代わりになってくれるよ。これ、彼女の住所と携帯のナンバー」

正樹は手帳を取り出し、サラサラとボールペンで走り書きした紙片をちぎり取って差し出した。

「叔母さんの家に間借りしてるんだよ。従妹《いとこ》が二人いて、彼女たちにピアノを教える代わりに下宿代を半分にしてもらってるらしい」

大宮を過ぎ、郡山を後にしても、二人の話題はもっぱら葉山嘉子のことに終始した。正樹は、彼女のピアノの腕はなかなかだけど、プロのピアニストとして舞台に立つのはとても無理だろう、せいぜい高校の音楽教師かな、と辛口の採点を下した。

「あの人は、人を押しのけてガムシャラに突き進むタイプじゃないからね。人間としてはいいが、芸術家としてはちょっとおとなし過ぎるんだよね」

兄の恋人評が意外に冷静なのに驚いたが、頷けるものはあった。初対面で反りが合うものを覚えたのも、自分の性格と似たところがあるからだ、と思った。

嘉子と兄はやはり同い年で、高校二年の時クラスが一緒だったという。音楽という共通の話題で意気投合したのだと。そういえば正樹は高校時代にギターを始めて相当凝っていたし、大学でも続けているようだった。こちらへ来て一度だけ兄の下宿先を訪れた時も、部屋の片隅にギターが立てかけられてあった。

嘉子は幼少時からピアノを習っていて、一般の大学に進むか音楽を専攻するか相当迷っていたのを、兄が強いて音楽を選ぶように勧めたという。

「じゃあ、もう、五、六年のお付き合いになるのね」

「そういうことになる、かな」

相好《そうごう》を崩す兄を羨みながら、ふと羽鳥宏を思い出した。折しも列車は仙台駅のホームにすべり込んでいた。兄を見送った葉山嘉子のように、ひょっとして宏がホームに立っているのではないかと、あらぬ幻想に捉われた。

「あ、いたいたっ！」

正樹の声に目を見開いた。

「父さんだよ、ほら」

正樹はホームの一点を指さした。人懐っこい顔が窓越しにこちらをのぞき込んで、手を振っている。

「あ、ほんと！」

三宝は我に返って手を振り返したが、父の姿は忽ち窓から消えた。

「やあやあ、無事乗れたね」

気が付くと、目の前に破顔一笑した父がいた。宏の幻影が瞼から消えた。

思惑

退院の日の朝、志津はいつものように廊下を行き交う人の足音で目覚めた。入院患者は年寄りが多いから、夜明け前に起き出す。引きずるような足音を立てて廊下を歩く者もいる。しかし、その物音ですっかり目を覚ましてしまうことはない。むしろ、午前六時の検温で暁《あかつき》の夢を破られることのほうが多かった。

消灯は九時だから、その時刻に眠りに入ればまず九時間の睡眠は得られるわけだが、術後数日間は睡魔に取りつかれたように寝入ったものの、その後は家にいた時のサイクルに戻ってしまった感があった。消灯になっても眠気はこないから、天井の明かりは消えても枕元のスタンドはつけて、持ってきた本を読んだりテレビを見たりして夜の更《ふ》けるのを待った。

だが昨夜は本を読む気にもテレビのスイッチをつける気にもなれなかった。帰ってきて、ベッドサイドに置かれていた夕食に手をつけたが、半分で箸を置いた。食欲がなかったわけではない。佐倉の唇と舌の感触を残しておきたかったのだ。

男はかすかに唇を開いただけだった。その頼りない感触にこらえ切れず、男の背に回した腕に力を込めた。弾みに舌が重なり、絡み合った。

佐倉とのそんな半日の一コマ一コマが幾度も思い返されて寝つかれなかったのだ。どうせ眠れないから手紙を書こうと思い立ち、一度はベッドに起き上がったが、いざ便箋に向かうと、思いばかりが溢れ出て筆には尽せない気がした。

明日は午前中は来ないよ、外来が終わったらご主人に会う、それから皆さんを見送るからね、と、既に予告がなされていた。まさか手紙を看護婦や夫に託すわけにもいかないし、別れ際に家人の目を盗むようにそっと佐倉に手渡すのも辛気《しんき》臭い――そんなふうにあれこれ考えているうちに大儀になってきて、結局はペンを握りしめただけで終わった。

もっとも、寝つけない理由はそればかりではなかった。なんと言っても佐倉と三宝の対面に思いを馳せて心乱れた。

佐倉の予告によれば、二人が顔を合わせるのは志津たちが病院を去る間際となる。

「多分、何も話せないだろうね」

これも予告めいたことを佐倉は言っていた。その通りになるとしても、お互いに不快な印象を持たなければいい、せめてそれだけは、と、祈るような気持で二人の出会いの瞬間を思いめぐらした。

ドアのノックに一瞬胸を弾ませたが、そんなはずはない、今朝は来ないとあの人は言っていたし、それに、今頃は外来診療のさ中なんだし、と志津は十時を示す時計を見やってすぐに思い直した。

案の定、顔を出したのは婦長の石川だった。

「ご退院、おんめでとうごじぇます」

志津の一瞬の顔色の変化には気付いたふうもなく、石川は屈託《くったく》のない表情で近づいた。

「よーぐゆっぐり休まれたんすか？」

「少し、寝不足気味です」

瞼の腫れはごまかせないだろうと観念して、正直な告白になった。

「人間て、現金なものですね。手術までは心細くって、それこそ逃げ出したい気持にも駆られたのに、終わって呆気ないほど順調に過ぎると、なんだか別荘へ静養に来たような気分になって、帰るのが億劫になってくるんですものね」

それもこれも佐倉がここにいるからだ、と、ひと思いに白状してしまいたい衝動を持て余していた。

「こんたら辺鄙な所をそんたらふうに喋っていただくと、地元の人間としてはなんとか冥利に尽きますけんどね、でも、佐倉先生が一番外科医冥利に尽きますよね。わんだすどもも、改めて副院長を見直してるんだすよ」

志津は危うく調子を合わせて佐倉を持ち上げるところだった。一患者の立場で主治医を褒めちぎるのはいいが、図に乗って喋り出すとうっかり私情をさらけ出しかねない。

同意を示す微笑だけ口もとに広げた。

「これ、副院長がらことづんがりましたのんで」

石川は改まった面持ちで手にしていた封書を差し出した。

「紹介状だそんです。わんだすどもの看護記録も同封しゃひていただきました。とても順調な経過でしたので、何も看護らしい看護もしてねもんですから、おん恥ずかしい限りだんすが」

実際、手のかからぬ患者だった——と自負できた。いちいち問いただしたわけではないが、この二週間、佐倉はアッペの汎発性腹膜炎《パンペリ》や大腸癌による腸閉塞、それに胆石の嵌頓《かんとん》による急性胆嚢炎など、術後も自分より手のかかる患者により多くの時間を取られていたようだ。患者の病状を告げる看護婦、それに呼応する佐倉の声や足音がせわしげに廊下に飛び交い、行き交うことも幾度かあった。その度に、廊下に飛び出したい衝動を覚えた。佐倉と過ごした病院での日々が思い出されて血が騒いだ。

（下巻につづく）

この作品は二〇〇二年十一月文芸社より刊行された『わが愛はやまず　罪なき者、石をもて…』を文庫化にあたり大幅に加筆訂正し、改題の上二分冊にしたものです。

幻冬舎文庫

●好評既刊
孤高のメス　外科医当麻鉄彦　第1巻
大鐘稔彦

当麻鉄彦は、大学病院を飛び出したアウトサイダーの医師。琵琶湖のほとりの病院で難手術を手がけ、患者達の命を救っていく。現役医師が「真の医療とは何か」を問う壮絶な人間ドラマの大作！

●好評既刊
孤高のメス　外科医当麻鉄彦　第2巻
大鐘稔彦

当麻は、近江大の実川助教授から二歳の幼児の「肝臓移植」を手伝って欲しいと頼まれる。残された方法はそれのみ。だが医師達の妬みと大学病院の保守的な壁にぶつかる。小さな命の運命は？

●好評既刊
孤高のメス　外科医当麻鉄彦　第3巻
大鐘稔彦

肝移植を待ちわびる幼児の心臓が停止、小さな命は消え入らんばかりに。当麻も駆けつけ緊急手術が始まる。だがその時、当麻のもとに脳腫瘍に冒されていた母が危篤との知らせが入り……。

●好評既刊
孤高のメス　外科医当麻鉄彦　第4巻
大鐘稔彦

実川は一躍マスコミの寵児となる。だが喜びも束の間、幼児の容態が急変する。卜部教授は、最悪の場合、当麻の手術に原因があったと発表しろと実川に言い渡す。折しも幼児の心臓が停止した！

●好評既刊
孤高のメス　外科医当麻鉄彦　第5巻
大鐘稔彦

卜部大造が急死し、実川は後任の教授選に名乗りをあげる。一方、当麻の身辺も慌ただしくなる。大川町長の肝硬変が悪化し危篤に。当麻は肝臓移植が救命し得る最後の手段だと告げるが――。

緋《ひ》色《いろ》のメス（上）

大鐘稔彦《おおがねなるひこ》

平成20年3月30日　初版発行
平成20年10月10日　3版発行

発行者——見城　徹

発行所——株式会社幻冬舎

〒151-0051東京都渋谷区千駄ヶ谷4-9-7

電話　03(5411)6222(営業)
　　　03(5411)6211(編集)

振替00120-8-767643

印刷・製本—株式会社　光邦

装丁者——高橋雅之

万一、落丁乱丁のある場合は送料小社負担で
お取替致します。小社宛にお送り下さい。
定価はカバーに表示してあります。

Printed in Japan © Naruhiko Ohgane 2008

幻冬舎文庫

ISBN978-4-344-41102-9　C0193　お-25-7